Pecados originales

Rafael Chirbes

Pecados originales

La buena letra
&
Los disparos del cazador

EDITORIAL ANAGRAMA
BARCELONA

Ilustración: foto © Otto Lloyd, 1946 (Colección Salvador Martínez)

Primera edición en «Narrativas hispánicas»: 2002 y 1994, respectivamente
Primera edición en «Otra vuelta de tuerca»: octubre 2013
Segunda edición en «Otra vuelta de tuerca»: noviembre 2015

Diseño de la colección: Julio Vivas y Estudio A

© Rafael Chirbes, 1992, 1994

© EDITORIAL ANAGRAMA, S. A., 2013
 Pedró de la Creu, 58
 08034 Barcelona

ISBN: 978-84-339-7622-2
Depósito Legal: B. 17707-2013

Printed in Spain

Liberdúplex, S. L. U., ctra. BV 2249, km 7,4 - Polígono Torrentfondo
08791 Sant Llorenç d'Hortons

PRÓLOGO: UN ESCRITOR EGOÍSTA

Han pasado veinte años desde que escribí estos *Pecados originales*. *La buena letra* se publicó en 1992, *Los disparos del cazador* en 1994. Las dos *nouvelles* —que eso son, a esa definición aplican su ritmo, su tensión y hasta su pretensión de acunarse en un tono— fueron escritas a rebufo del ajetreo del dinero fácil en una España que se preparaba para las grandes celebraciones del 92.

Desde el final de la guerra civil no se habían vivido una movilidad social ni un afán constructivo como los que se vivieron entonces. Igual que ocurrió en los cuarenta, en los febriles ochenta se suponía que el poder cambiaba de manos, y los recién llegados se aprestaban a ocuparlo y descubrían la dulzura del mando y sentían caer sobre sí la gratificante lluvia de las contratas con el Estado. España es el país en que se puede ganar más dinero en menos tiempo, proclamaba el altivo ministro de Economía.

Los nuevos mecánicos de los engranajes del Estado se aplicaban en la estrategia que Walter Benjamin define como propia de la socialdemocracia: señalaron con el dedo un futuro prometedor para que se olvidase la sangre derramada en el pasado: la injusticia original que, medio siglo antes, les había arrebatado la legitimidad a quienes la ostentaban. El pacto que se les propuso a los españoles, bajo el razonable argumento de cambiar pasado por futuro, fue un cambio de ideología por bienestar; es decir, un trueque de verdad por dinero. Y el país lo aceptó.

De hecho, quienes proponían esa transacción eran jóvenes que exhibían sus credenciales antifranquistas, reales o contrahechas. Muchos procedían del bando de los vencidos, y promovieron el pacto porque temían que la revisión del pasado pusiera en peligro el frágil soporte de poder en el que acababan de encaramarse (temían los coletazos del viejo régimen: la intervención de lo que llamaron poderes fácticos). Aunque buena parte de quienes habían ocupado la élite en el antifranquismo y en el aparato del nuevo Estado eran hijos de los vencedores, y, para ellos, hacer arqueología suponía sacar a la luz el ventajismo con el que habían alcanzado su posición, y dejar al descubierto el artificio que les permitía la continuidad en la cadena de riqueza y mando sin efectuar ni acto de contrición ni penitencia.

No puedo hablar de *La buena letra* y *Los disparos del cazador* sin hablar de cómo fueron aquellos años en que banqueros y millonarios se convirtieron en héroes populares. No sólo porque no hay arte que no tenga fecha y no sea fruta de su tiempo, sino porque, además, escribí estas novelas precisamente como un antídoto frente a los nuevos virus que, de repente, nos habían infectado: codicia y desmemoria. O, por ser más preciso —en la medida en que un libro seguramente no es antídoto de nada, no salva de nada—, digamos que las escribí con el afán de almacenar en algún lugar briznas de esa energía del pasado que desactivaban, para guardar trazas de la página de historia que arrancaban, o para salvar la parte de mí mismo que naufragaba en aquel confuso vórtice. Al lector de hoy, cuando tantas cosas se han venido abajo, le toca juzgar si aún tiene vigor lo que escribí entonces.

Quise que mis libros fueran algo así como una pila voltaica. En este par de textos que tiene usted, lector, entre las manos, busqué condensar las heridas que dejó la guerra, las traiciones, los cambios de bando, la ilegitimidad de la riqueza acumulada durante todos aquellos años, pero también el sufrimiento, la lucha por la dignidad de los vencidos. La ilegalidad. Sobre todo, quería dejar constancia de eso: de la tremenda ilegalidad sobre la que se asentaba cuanto estábamos construyendo.

Hablo de una generación: la protagonista de *La buena letra*, Ana, perdedora de la guerra, no perdona que su hijo, mi coetáneo, animado por la codicia, se haya alineado con quienes traicionaron. Pero también Carlos, el narrador de *Los disparos del cazador*, un hombre poco escrupuloso enriquecido en la posguerra y en cuyas palabras descubrimos una buena dosis de doblez, se siente traicionado por sus hijos. Lo desprecian porque tiene las manos manchadas, cuando él sabe que, al ensuciárselas, les ha comprado la inocencia. También son coetáneos míos esos individuos resbaladizos, hijos del viejo régimen, que condenan al cazador pero no dudan en participar en el banquete en que se sirven las piezas capturadas.

He dicho que escribí estas dos novelas como quien fabrica una pila voltaica para dejarla a disposición del lector, aunque creo que las escribí, sobre todo, por egoísmo: para salvarme, para sacar la cabeza fuera de aquel remolino. Las escribí porque no encontraba mi lugar en el nuevo mundo que estaba naciendo, porque braceaba en vano sumido en un chupadero de frívola voracidad y desmemoria. Por aquellos días en los que los valores se invirtieron bruscamente, tenía la impresión de que no sabía quién era yo, ni en qué se habían convertido los demás. Escribí este díptico, que ahora aparece con el título de *Pecados originales*, para volver a encontrarme, porque tenía mucho miedo de hacerme daño, o de que me hicieran daño, o de hacer daño. Lo escribí por la misma razón por la que he seguido escribiendo novelas otros veinte años.

RAFAEL CHIRBES
Beniarbeig, 27 de junio de 2013

La buena letra

A mis sombras

NOTA A LA EDICIÓN DE 2000

El lector que conozca anteriores ediciones de *La buena letra* descubrirá que a esta que ahora tiene entre las manos le falta el último capítulo. No se trata de un error de la casa editorial, como alguien podría llegar a pensar, sino de un arrepentimiento del autor, o, mejor aún, de la liberación de un peso que el autor ha arrastrado desde que se publicó el libro y del que ya se ha librado en alguna versión extranjera. Intentaré explicar aquí por qué he sentido esas dos páginas como un peso y su desaparición como una liberación.

Cuando escribí el libro, me pareció que, por respeto al lector, al final de la novela debía devolverlo al presente narrativo del que lo había hecho partir, y, por ello, puse, casi a modo de epílogo, ese capítulo que aparecía en las anteriores ediciones, y en el que las dos cuñadas —Ana e Isabel— volvían a encontrarse tantos años después. Había algo de voluntarismo literario en tal propósito, cierto criterio de circularidad, un concepto que se manifiesta en numerosas obras, a veces con escasa justificación. Pasado el tiempo, me pareció que el libro no necesitaba de ninguna circularidad consoladora y que al haber añadido ese final había cometido un error de sintaxis narrativa, más grave aún por la filosofía que venía a expresar, y que no era otra que la de que el tiempo acaba ejerciendo cierta forma de justicia, o, por decirlo de otro modo, acaba poniendo las cosas en su sitio. De la blandura literaria emanaba, como no podía ser menos, cierto consuelo existencial.

Si cuando escribí *La buena letra* no acababa de sentirme cómodo con esa idea de justicia del tiempo que parecía surgir del libro, hoy, diez años más tarde, me parece una filosofía inaceptable, por engañosa. El paso de una nueva década ha venido a cerciorarme de que no es misión del tiempo corregir injusticias, sino más bien hacerlas más profundas. Por eso, quiero librar al lector de la falacia de esa esperanza y dejarlo compartiendo con la protagonista Ana su propia rebeldía y desesperación, que, al cabo, son también las del autor.

Hoy ha comido en casa y, a la hora del postre, me ha preguntado si aún recuerdo las tardes en que tu padre y tu tío se iban al fútbol y yo le preparaba a ella una taza de achicoria. He pensado que sí, que después de cincuenta años aún me hacen daño aquellas tardes. No he podido librarme de su tristeza.

Mientras los hombres se ponían las chaquetas y se peinaban ante el espejito del recibidor, ella se quejaba porque no la dejaban acompañarlos. Tu tío me guiñaba un ojo por encima de su hombro cuando le decía: «Te imaginas qué efecto puede hacer una mujer entre tantos hombres. Esto no es Londres, cielo. Aquí las mujeres se quedan en casa.» Y a ella se le saltaban las lágrimas con un rencor que, en cuanto pudo, nos obligó a pagar.

Siempre tuvo una idea de la vida muy diferente de la nuestra. Quizá la aprendió en Inglaterra, con la familia elegante con la que había convivido durante varios años. Desde el principio habló y se comportó de un modo ajeno. Llamaba a tu tío «vida mía» y «corazón mío», en vez de llamarlo por su nombre. Eso, que ahora puede parecer normal, por entonces resultaba extravagante. Pero él estaba contento de poder mostrar que se había casado con una mujer que no era como las demás y que salía a recibirlo dando grititos, o se escondía detrás de la puerta en cuanto le oía llegar, como para darle una sorpresa. Durante la comida, le acercaba la cuchara a la boca, como se hace con los niños pequeños, y a él no le daba vergüenza llamarla, incluso en público, «mamá».

A mí, las tardes de domingo me gustaba visitar a mi madre y luego me iba al cine con tu hermana, pero desde que llegó ella cada vez pude cumplir mis deseos con menos frecuencia. Se deprimía si se quedaba sola en casa y me pedía que le hiciese compañía. El cine le parecía una cosa chabacana. «Si fuera una obra de teatro», decía, «o un buen concierto, pero el cine, y con toda la gente del pueblo metida en ese local espantoso.» Y a continuación: «Quédese, quédese conmigo aquí, en casa, y nos hacemos compañía y oímos la radio.» Siempre me habló de usted, a pesar de que éramos tan jóvenes y, además, cuñadas.

Me veía obligada a privarme del cine para evitar que se quedara sola en casa y que luego, durante la cena, hubiese malas caras. Lo peor de esas tardes de domingo era que, después de que había conseguido que me quedara, fingía olvidarse de que estaba allí, a su lado, y, en vez de darme un poco de conversación, metía la nariz entre las páginas de un libro, y leía, o se quedaba dormida.

Sólo ya avanzada la tarde se acordaba de mí, cuando me pedía: «¿Y por qué no prepara usted un poco de achicoria y nos tomamos una tacita?» Nunca decía café, *como piadosamente decíamos los demás, decía achicoria. Y yo, al oír esa palabra, prometía no volver a quedarme una tarde de domingo con ella. Me ahogaba en tristeza. Era la sospecha de algo evitable que iba a venir a hacernos tanto daño como nos habían hecho la miseria, la guerra y la muerte.*

A mi abuelo le gustaba asustarme. Cada vez que iba a su casa, se escondía detrás de la puerta con una muñeca, y cuando yo, que sabía el juego, preguntaba: «¿Dónde está el abuelo?», aparecía de repente, me tiraba encima la muñeca, que era tan grande como yo, y se reía mientras me daba bofetadas con aquellas manos de trapo que me parecían horribles. Le agradaba verme enfadada y que luego buscase refugio en sus rodillas. «Pero si el abuelo está aquí, ¿qué te va a pasar, tontita?», me decía, y a mí ya no me daba miedo la muñeca tirada en la silla. «Tócala, si no hace nada», decía, y yo la tocaba. «Es de trapo.»

También me contaba la historia del marido que salía del baúl en que lo había escondido su mujer después de descuartizarlo y robarle el hígado. La mujer había cocinado el hígado y se lo había servido al amante, y el muerto volvía para recuperarlo. El efecto de ese cuento —su emoción— estaba en la lentitud con que el muerto bajaba los escalones que separaban el desván del comedor. «Ana, ya salgo del desván», anunciaba el muerto, y luego, sucesivamente, «Ana, ya estoy en el descansillo», «ya estoy en la primera planta», «ya estoy en el octavo escalón», «en el séptimo», «en el sexto».

Mientras mi abuelo acercaba con sus palabras aquel cadáver al lugar en que nos encontrábamos, yo miraba hacia la escalera y esperaba verlo aparecer, y gritaba muy excitada, y lloraba, pidiéndole «no, no, que no baje más», sin conseguir que el descenso se detuviese. Sólo se terminaba el cuento una vez que mi abuelo daba un grito, me cubría la cara con su manaza y decía: «Ya estoy aquí.» Yo cerraba los ojos y gritaba y me movía entre sus brazos y luego me colgaba de su cuello, que estaba tibio, y entonces dejaba de tener miedo y sentía la satisfacción de estar en su compañía.

Por entonces aún no teníamos luz eléctrica, y las habitaciones estaban siempre llenas de sombras que la llama del quinqué no hacía más que cambiar de forma y de lugar. Cuando, después de dejarme en la cama, mi madre se iba llevándose el quinqué, la luz de la luna resbalaba en la pared de enfrente y se escuchaban crujidos en los cañizos del techo. Yo cerraba los ojos, me escondía bajo las sábanas y fingía no escuchar esos ruidos. Pero, en aquellas noches, vivía a la espera de algo terrible.

En cierta ocasión, me vi raptada en la oscuridad por una sombra que me arrastró escaleras abajo. Cuando salimos a la calle la sombra y yo, había una gran conmoción y la gente gritaba y corría de un sitio para otro. Las llamas se elevaban hasta el cielo y todo estaba envuelto en humo. Había ardido la casa de nuestros vecinos. Al día siguiente me enteré de que había muerto una de las niñas que vivían en la casa. «Enterraron un pedazo de palo seco y retorcido», oí decir, y esa imagen –la de un palo seco y retorcido– y la ausencia fueron para mí, desde entonces, la imagen de la muerte.

El año pasado le regalé a tu mujer un juego de sábanas bordadas con los nombres de tu padre y mío. Le gustaban mucho y, cada vez que venía por casa, me insistía para que se las diese. Hace un mes me dijo de pasada que se las dejó en un baúl del trastero del chalet, que se le han enmohecido y echado a perder. Te parecerá una tontería, pero me pasé la tarde llorando. Miraba las fotos de tu padre y mías, y lloraba. Así toda la tarde, ante el cajón del aparador en el que guardo las fotografías.

Sentía pena de nosotros, de todo lo que esperamos y luchamos de jóvenes, de las canciones que nos sabíamos de memoria y cantábamos —«ojos verdes, verdes como el trigo verde»—, de los ratos en que nos reíamos y de las palabras que nos decíamos para acariciarnos el corazón; pena de las tardes que pasamos en el baile, de las camisas blancas que yo le hacía a tu padre cuando aún éramos solteros; pena de las amigas que nos juntábamos para cortarnos el pelo unas a otras, igual que las artistas de cine. El cine aún era mudo y había un pianista rubio del que estábamos enamoradas todas las chicas. Nos gustaba ver su espalda triste iluminada por la luz que caía de la pantalla. No era de aquí, de Bovra. No sé de dónde vendría, ni lo que fue de él. Todo parecía que iba a durar siempre, y todo se ha ido deprisa, sin dejar nada. Las sábanas que se le han echado a perder a tu mujer eran las que usé en la noche de mi boda.

Del día de nuestra boda no nos quedó ni una foto. Se había comprometido a hacerlas tu tío Andrés, un primo de tu padre de quien habrás oído hablar, y que tenía una cámara. Pero la noche antes se fueron tu padre y él con los amigos, se emborrachó, y, de vuelta a casa, se cayó y se torció un tobillo. A la mañana siguiente tenía el pie hinchado como una bota, así que ni siquiera pudo venir a la boda. Le dejó la cámara a tu tío Antonio, que no paró de disparar en todo el día. Nos reímos como bobos. Tu padre se empeñó en que me tomara una copa de anís y yo no era capaz de mantenerme seria cada vez que tu tío nos ponía delante de la cámara. «El velo, apártate el velo del ojo», ordenaba tu tío. «No se ponga usted tan seria, aunque ya sea una señora», se burlaba. Lo que quería era provocarme, para que me riese. Y tu padre, lo mismo: «Venga, que parecemos artistas del cine.»

Lo cierto es que, cuando a los pocos días acudimos al laboratorio a recoger los carretes, y después de todo el teatro que había montado tu tío Antonio, descubrimos que no había ninguna foto que estuviese bien. Sólo en una de las copias se distinguían ciertas sombras que podían resultar vagamente reconocibles para quien hubiera estado en la fiesta. Guardé esa foto fallida durante años. «Parecemos espíritus escapados de la tumba», dijo tu padre riéndose.

Me acordé de sus palabras a los pocos días de su muerte. Limpiando los cajones del aparador, tropecé con la foto y pensé que, si se exceptuaba la mía, todas las otras sombras que aparecían flotando sobre aquel viejo cartón vivían ya de verdad en otro mundo. Entonces, quemé la fotografía. No soy supersticiosa, pero me pareció que no debía romperla, que debía entregarlos a todos ellos, y a mí misma, a algo puro y misterioso como el fuego. Viéndola arder, pensé en tu tío Antonio, que fue quien la hizo y aún estaba vivo. Él se había quedado del otro lado. Su sombra no se limpiaba en el fuego con todas las demás que permanecían allí cuando ya no existían. Las palabras de tu padre: eran espíritus, sí, pero que no iban a escaparse nunca de la tumba.

Tu padre acababa de morir y yo ya sabía, como sé ahora, que la muerte no le dio consuelo. De tus abuelos no quedaba con vida más que mi madre, que no aparecía en la foto porque, el día de la boda, en vez de ir a la iglesia, se quedó sustituyendo en la cocina a la abuela María. Apenas unos meses más tarde había muerto la tía Pepita, que fue la madrina y que estaba aquel día guapísima con el traje que cosimos entre las dos. Angelines, Rosa Palau, Pedro, tus abuelos, Inés y Ricardín, Marga, todos habían ido muriendo a lo largo de los años que separaban el día de la boda de aquel, ya marchito, en que quemé la fotografía. Se trata, en su mayoría, de nombres que a ti nada te dicen y que sólo de vez en cuando has tenido ocasión de escuchar. Fueron mi vida. Gente a la que quise. Cada una de sus ausencias me ha llenado de sufrimiento y me ha quitado ganas de vivir.

Aunque no sé por qué empiezo hablándote de ella y acabo por hablarte de la muerte: del antes y el después de que ella viniera, como si su presencia hubiese sido el gozne que uniese dos partes. Tal vez sólo sea porque, al hablar, me viene la memoria, una memoria enferma y sin esperanza.

A veces salgo a caminar por Bovra y cambio una y otra vez de rumbo para hacer el trayecto más largo. Sé que los busco a ellos. Es como si, esas tardes, saliera de mí misma a un lugar de encuentros al que también ellos tuvieran acceso, rompiendo la gasa de sus sombras silenciosas, y allí, en ese sitio de todos y de nadie, pudiéramos darnos consuelo.

Para que regresen, paseo durante horas y busco las escasas construcciones de aquellos años que aún permanecen en pie, e intento recordar cómo eran las que ya han sido sustituidas por modernos bloques de viviendas, como pronto lo será la mía. Persigo los nombres de quienes vivieron en ellas y me esfuerzo por saber si alguna vez pisé su interior, y cómo eran los muebles, los patios, las escaleras y paredes y suelos. De mi esfuerzo sólo saco sombras en una fotografía quemada.

No consigo completar los huecos que el tiempo ha ido dejando en la ciudad. Camino hasta que empieza a oscurecer y entonces apago aún más la luz del sol muriente y dejo la ciudad en penumbra, tal como permanece en mis recuerdos de aquellos años tristes, en los que sin embargo teníamos el bálsamo de la juventud, que era un aceite que todo lo engrasaba, que amortiguaba los gritos de dentro y, con frecuencia, los deformaba y los volvía risas.

Cuando ella viene a verme, y ya te digo que no sé por qué, necesito sentir el recuerdo del miedo, a lo mejor porque fue más limpio. Ella lo sustituyó por la sospecha. No, no es una venganza. No quiero enfrentarme a ella. Antes no quise, o no supe, y ahora ya es tarde. Sólo que quisiera entenderme yo misma, entenderlos a todos ellos, a los que ya no están.

¿Decir que fue puro o limpio el miedo? Ni la muerte ni el miedo son limpios. Aún guardo la suciedad del miedo de los tres años que tu padre se pasó en el frente, dejándonos solas a tu hermana y a mí en esta ciudad que, como en mis recuerdos, se volvió de repente fantasmal y nocturna y en la que todos te miraban como si quisieran decirte que él ya no iba a volver y que no valía la pena resistir por más tiempo. El abandono. Ya tarde, en medio de la noche, se escuchaba un estruendo remoto. Entonces sabíamos que estaban bombardeando Misent. Y yo pensaba en tu tía Gloria y en la abuela María, que seguían allí, pero no me atrevía a salir a la calle. Entornaba la ventana de la habitación y miraba al cielo, en el que destellaba un resplandor lejano. Se oía un fragor sordo, como envuelto en un trapo, y luego venía un silencio parecido al que acompaña las mañanas de nieve.

Buscaba a tu hermana y la acercaba a mí. Cada vez que empezaban los bombardeos se estaban quietas las ratas que corrían en el cañizo. Desde que tu padre se había ido, el desván se había llenado de ratas. Yo tenía miedo de que bajasen y mordiesen a la niña. Tenía miedo también por mí, y vergüenza del miedo. Tu padre siempre se burló de ese miedo mío. En cierta ocasión, cuando tú apenas caminabas, te compró un ratoncito que llevaba un carrete y corría por debajo de las sillas cuando le soltabas el hilo. Tú venías a la cocina y echabas a correr el ratón y gritabas con tu media lengua «una data», «una data», y te reías muy excitado. A veces, cuando yo estaba cosiendo, me ponías la cabecita del ratón en la cara, y decías, «uuuhh», y a mí me daba asco, porque le veía las orejas de goma y esa piel que me recordaba la piel de rata de verdad.

Volvió una de aquellas noches, sucio y sin afeitar. Olía mal y estaba muy delgado, pero había vuelto. En vez de ser él quien llamó sigiloso a la ventana una madrugada, podía haber sido uno de aquellos correos que entregaban cartas oficiales anunciando la muerte de los soldados en el frente. Ese pensamiento me desgarró. Con él vino Paco, un vecino del que habrás oído hablar, pero que no conociste, porque murió cuando tú aún eras muy pequeño. Vivía en nuestra misma calle, pero no se atrevía a volver a casa. La guerra estaba a punto de terminar y su suegro, que era fascista, podía denunciarlo.

Comieron en silencio y con avidez. Mientras los miraba comer, tenía la impresión de que no los conocía. Hacían ruidos con la boca y eran como dos animales sospechosos. Dos desconocidos.

Se quedaron escondidos en el desván, hasta que a los pocos días anunciaron por el altavoz del ayuntamiento que habían entrado los falangistas. «Ahora va a venir lo peor», dijo tu padre. Al cabo de una semana, tu padre y Paco se entregaron. Se quedaron un rato fumando y charlando en la acera, y luego Paco se marchó a su casa. A su mujer ya la había visto a escondidas porque yo fui a buscarla al día siguiente de que llegaran. Sin decirme nada, se habían puesto de acuerdo para entregarse juntos. Al cabo de un rato, volvió Paco, tu padre me besó, y dijo: «A mí no me va a pasar nada. Tú preocúpate de que no os pase nada a la niña y a ti.» No quiso que lo acompañara: «Tú, quieta, en casa, con la niña.»

Por la tarde, supe que Raimundo Mullor pegaba a los que se entregaban. Durante todo el día se escucharon los gritos que procedían de un cuarto que hay bajo la escalera principal del ayuntamiento y que ahora utilizan los barrenderos. Esa noche me daba más rabia imaginarme a tu padre abofeteado por el mequetrefe de Raimundo Mullor que muerto de un tiro en una trinchera. Limpio. Me parecía más limpio. Aún era demasiado joven y no sabía de la suciedad de la muerte. Empecé a aprenderla al día siguiente, cuando corrió la voz de que habían fusilado a diez hombres junto a la tapia del cementerio.

La abuela Luisa me mandó que me quedase en casa, pero yo me negué. Quería ver a aquellos hombres muertos y que tu hermana también los viera, aunque de momento aún no se diera cuenta de lo que veía. Sin embargo, cuando llegamos cerca de la tapia, se me paralizaron los pies. Se me habían quitado las ganas de ver aquello y tampoco quería que la niña lo viese. Distinguimos desde lejos el montón de trapos ensangrentados. Hacía calor y zumbaban las moscas sobre los cadáveres. Antes de llegar, grité: «No está.» Le había obligado a ponerse los pantalones del traje de boda, y los hubiese reconocido enseguida. Él protestó diciendo que para qué iba a ponerse unos pantalones que estaban nuevos, y yo no quise responderle que quería que, si le pasaba algo, se llevara puesto lo mejor.

Me eché a llorar. «Pero, mujer, si no está», decía tu abuela, mientras se secaba las lágrimas. Una vecina se acercó a preguntarnos si nos habían matado a alguien de la familia y tu abuela le explicó que no. Pero yo seguía llorando.

Rumores de fusilamientos que sólo a veces se confirmaban, pero que siempre hacían daño. Aparecieron cadáveres en el manantial, en el huerto de naranjos que tenía una balsa en la que tú siempre querías bañarte cuando eras pequeño y donde una vez casi te ahogas; en la playa, en los arrozales. Aprendimos la suciedad del miedo.

Los fusilados no siempre eran de aquí, de Bovra. Había mujeres que venían en busca de cadáveres desde Gandía, desde Cullera, desde Tabernes. La certeza de la muerte las curaba del miedo. Preguntaban en voz alta, a la puerta de los cafés, por el lugar en que habían aparecido aquella mañana los fusilados, y los hombres volvían avergonzados la cabeza y seguían jugando en silencio al dominó.

Las mujeres viajábamos en cuanto nos decían que habían visto en algún lugar a alguien de nuestra familia. Necesitábamos ir aunque desconfiásemos de la información. Algunas de esas mujeres que se fueron no regresaron nunca. Adela Benlloch murió de pulmonía en Burgos. Era morena y tuvo siempre una mirada huidiza. A Rosa Palau, buena amiga mía, la atropelló un tren en un paso a nivel cerca de La Roda. No pudo enterarse de que el marido que ella salió a buscar había regresado una semana antes a Bovra. Tampoco volvieron Pilar Palau (la hermana de Rosa), Ángela Moreno y una rubia, cuyo nombre no consigo recordar, pero que estuvo conmigo en la costura. De Piedad dijeron que se juntó con un falangista de Madrid; y de Ángela, que la habían visto años más tarde en el barrio chino de Barcelona. Al marido de Rosa Palau le llegó, al cabo de unos meses, y cuando ya empezaba a curarse de la pérdida, el bolso de su mujer con la documentación y una blusa blanca con sus iniciales y manchada de sangre.

Yo también viajé. No teníamos ni harina, ni aceite, ni azúcar. Tu abuela Luisa y yo estuvimos en Tarragona. Compramos aceite y nos hospedamos dos noches en casa de una mujer que se llamaba Concha. Tampoco de ella he vuelto a saber nada en mi vida. Me hubiera gustado verla y darle las gracias por lo que hizo. Entonces no pudo ser y ahora ya es tarde. No nos quiso cobrar y nos dio de comer.

Viajamos a Zaragoza, a Teruel, a Alicante. Para pagar, vaciamos lo poco que nos iba quedando en el corral. Llevábamos conejos, gallinas, huevos y un puñado de hortalizas. Los viajes se hacían largos y penosos. Nos escondíamos de los controles de consumos. En Reus estuvieron a punto de requisarnos el aceite. Dos garrafas de cinco litros, que nos habían costado una fortuna. El aceite nos parecía un tesoro. Mojaba en aceite el dedo y se lo ponía en la boca a tu hermana. Estaba convencida de que mientras pudiera darle una gota cada día ni se me iba a morir ni se me pondría enferma.

La Guardia Civil vino a preguntar por el tío Antonio, pero nosotros no sabíamos nada de él. Yo pensaba que, si no lo habían matado, o se había ido a Francia, o lo tenían preso, estaría en Misent, escondido en casa de sus padres. Lo cogieron a los pocos días, cuando se dirigía, solo y hambriento, a nuestra casa, unas horas antes de que volviera tu padre en libertad. La primera tarde se la pasó tu padre llorando en silencio. Lloraba por su hermano pequeño. No se imaginaba las vueltas que aún tenía que dar la vida.

Ahora lo pienso, y a lo mejor era necesario que te contase todas estas cosas antes de poderte hablar de ella; del tío Antonio. Algo de eso tenía que tener sin darme cuenta en la cabeza, cuando empecé hablándote de las sábanas: de ropa. Por entonces, aún nos hacíamos toda la ropa, y eso era importante. El día en que conocí a tu tío Antonio, bueno, a toda la familia de tu padre, yo le regalé a la abuela María dos toallas que había bordado y ella a mí una colcha que todavía tengo guardada, y que es preciosa.

Me llamó hija desde el primer día en que tu padre me llevó a Misent para que los conociera a todos ellos. Cuando llegamos, estaba metida en la cocina, preparando la comida, y yo me quité el traje y me puse el delantal y estuve ayudándolas a ella y a la tía Pepita. Aunque al principio protestaron, y dijeron que no querían que yo entrase en la cocina, mi gesto les gustó. Nos hicimos enseguida buenas amigas las tres. Por la tarde, tu abuela me pidió que diésemos un paseo a solas y entonces ya me llamó hija. Me dijo: «Hija, creo que Tomás va a tener suerte.» Y me dio dos besos.

Nos habíamos sentado en una piedra de la escollera. Era domingo y las barcas se habían quedado amarradas en el puerto. Todo estaba en calma. En el cielo, las nubes se iban volviendo rosa y lila. Fue un momento feliz, que alivió la tensión del día, porque ya aquella primera vez Gloria, tu otra tía, lo estropeó todo.

El tío Antonio me gustó mucho, aunque no sé, luego, con el tiempo, al recordar cómo han ocurrido las cosas, a veces pienso que algo anunciaba en él lo que iba a acabar siendo. Y lo anunciaba no en los defectos sino en sus virtudes. Del mismo modo que un huevo lleva encerrado un pollo ya desde el principio, las actitudes de la gente llevan dentro lo que van a acabar siendo, e incluso en sus rasgos más generosos puede adivinarse el embrión de sus defectos peores.

Era a principios de verano. Lo recuerdo como si lo estuviese volviendo a ver en estos momentos. Una se olvida, y cada vez con más frecuencia, de lo que hizo ayer, o de cosas que han ocurrido esta misma mañana y, sin embargo, los recuerdos más antiguos tienen otra fuerza. No los piensas: los ves, los escuchas. De aquel día recuerdo el cielo por encima de la escollera, pero también las caras y las voces de cuantos nos sentamos a la mesa, bajo la higuera. Recuerdo cómo iba vestido cada cual, y el olor áspero de las hojas de la higuera y el de las plantas de tomate, cuando fuimos tu tía Pepita y yo a recoger algunos para la ensalada, y recuerdo el olor de la ropa; fíjate que mientras hablo puedo recordar el olor de la ropa de tu tía Pepita y el de la abuela María, que olía nada más que a agua y jabón pero de un modo muy especial, porque también olía a ella.

Tu abuelo Pedro ya no estaba bien. La tía Pepita y la abuela lo trataban como si fuera un niño pequeño. Le hablaban continuamente, con murmullos, aunque él apenas respondía. Le acercaban la servilleta, le cortaban las rebanadas de pan, vigilaban para que no se manchase la camisa. Las dos presentían que iba a durar muy poco y tenían prisa por disfrutar de él. Acertaron sólo en parte. Digamos que tu abuela acertó en lo justo, porque él iba a tardar poco más de tres años en morirse, pero tu tía Pepita acertó, sin saberlo, en exceso. Le quedaba poco tiempo para cuidar a su padre: sólo unos meses. Tu tía Pepita murió con veintidós años, pocos días antes de una boda que había adelantado porque quería que su padre asistiese. Jamás he visto llorar a nadie con la desesperación con que lloró su novio el día del entierro. Tuvieron que sujetarlo los familiares y amigos para impedir que se arrojase sobre el ataúd una vez que ya lo habían bajado a la fosa.

El abuelo acabó viendo a la pobre Pepita de cuerpo presente. La abuela le impidió que asistiese al entierro. Pepita fue la predilecta del abuelo Pedro. Y la tarde del entierro, un día de agosto en el que el calor apenas dejaba respirar, se quedó en casa pensativo, con la cabeza apoyada en los puños, y los ojos vueltos hacia un rincón del comedor. Desde ese día, habló aún menos. Yo empecé a tener la impresión –que aumentaba cada vez que lo veía– de que se iba volviendo niño y de que por eso articulaba con creciente dificultad las palabras. Se le pusieron ojos de niño, dulces y muy vivos, y la cara, en vez de afilársele, se le redondeó, se le volvió infantil.

Además, en los últimos meses, tu abuela le anudaba la servilleta alrededor del cuello y le llevaba la cuchara a la boca, con lo que parecía definitivamente instalado en la primera infancia. Para entonces ya había nacido tu hermana y él le tenía celos. Le quitaba los juguetes y se los escondía y, en las escasas ocasiones en que pronunciaba alguna palabra, se quejaba con voz vacilante: «Esa niña que acaba de llegar y ya se ha hecho dueña de todo.» Es triste la vejez. Yo lo he visto llorar porque tu abuela le quitaba el sonajero y se lo devolvía a la niña. Lloraba desconsolado, mientras repetía: «¡Qué pena, tener que vivir lo suficiente para ver cómo tu mujer te roba lo poco que tienes para dárselo a los forasteros!»

Tu abuela sufría. Se acostumbró a dejarle algunos ratos los juguetes de la niña. Una mañana, me encerró con ella en la habitación y bajó el tono de voz para decirme que le había comprado un chupete y un biberón al abuelo, para que dejase en paz los de la niña. «No se lo digas a nadie», me pidió, «no quisiera que alguien pudiera hacer burla con esas cosas, ni que le perdiera el respeto al abuelo.» Tenía miedo de tu tía Gloria, de que lo fuese a decir fuera de casa. Aquella mañana, la abuela se echó a llorar en mi hombro.

Sí, la tía Gloria estropeó el día en que tu padre me llevó a Misent para presentarme a la familia. Llegó cuando los demás ya habíamos empezado a comer. Estuvimos esperándola hasta casi las cuatro de la tarde. Luego tu abuela se puso a servir y dijo a media voz, aunque con intención de que yo la oyese, de hacerme cómplice: «Me imaginaba que Gloria haría hoy alguna de las suyas.»

A mí me había sentado a su lado; a mi derecha estaba la tía Pepita, y junto a ella, una chica que se llamaba Ángela y que era la novia de tu tío Antonio, quien no paró de hacerle carantoñas durante toda la comida. Ella estaba nerviosa. Se la veía buena chica y nos miraba a tu abuela, a Pepita y a mí, como explicando que no es que le gustasen esas tonterías, pero que era el modo de comportarse de tu tío Antonio. La familia ya lo sabía. Tu padre, al lado del tío Antonio, les gastaba bromas a los dos. El abuelo —cerrando la mesa, al lado de tu padre y junto a la silla vacía de

Gloria– miraba y callaba, aunque creo que ese día fue el único en que me pareció que se reía con los ojos. No sé. Para mí, hasta ese momento todo había sido perfecto y tal vez imaginaba en los demás la felicidad que yo misma sentía.

También tuve la impresión de que Gloria llegaba de buen humor. No la conocía, pero muy pronto me di cuenta de que le brillaban los ojos y de que su tono de voz era agresivo. Y descubrí que lo que al principio me habían parecido bromas eran, en realidad, impertinencias dirigidas contra sus dos hermanos, y sobre todo contra el tío Antonio. Había bebido. Gloria empezó a beber muy joven y siguió bebiendo hasta el final de su vida, cuando ya le habían cortado un pecho y se moría en el hospital de Misent. Incluso en esos últimos días en que apenas podía ni levantarse, les pedía a los visitantes de los otros enfermos tabaco y vino. Se arrastraba hasta los retretes para fumar y beber y, después de que murió, cuando pasamos por el hospital a recoger sus cosas, descubrimos que tenía botellas y paquetes de cigarrillos en todos los rincones de la habitación.

Aquella tarde había pasado de las bromas a un silencio rencoroso. Sentía sus ojos sobre mí. Los notaba al llevarme la taza de café a los labios, o cuando corté un pedazo de pastel para tu abuela. También vigilaba a Ángela, aunque ni ella ni tu tío Antonio parecieron darse cuenta y continuaron con sus carantoñas. De repente, Gloria se levantó y dijo: «Ya está bien. En esta mesa no se sientan putas.»

Miraba a Ángela. Tu tío y tu padre se abalanzaron sobre ella y la llevaron al interior de la casa. Mientras la arrastraban, aún tuvo tiempo de volverse otra vez hacia Ángela y decirle: «Si vuelves por aquí, te mato.»

Ángela no apareció más por la casa. Yo no sé si se tomó en serio la amenaza, si es que tu tío Antonio se asustó o si rompieron por alguna otra razón. Al poco tiempo, se casó y se fue a vivir a Madrid. Nos hemos visto luego algunas veces. Cuando viene de vacaciones, o para asuntos de familia, hablamos de los viejos tiempos, de tu padre, de tus abuelos, del tío Antonio, de aquella tarde. Siempre se le humedecen los ojos. «Me va bien», dice, «mi marido me quiere mucho, tengo mis tres hijos, que se han colocado, mi casa de Madrid, la de aquí, otra que tenemos en el campo. No me puedo quejar, pero yo quería mucho a Antonio.» Y cuando lo nombra, se le saltan las lágrimas.

Tu tía Gloria se equivocó. Ángela la habría cuidado, habría tenido más paciencia, la habría admitido en casa cuando estuvo enferma. Ésta no hizo nada de todo eso. Tu tía Gloria estaba enamorada de su Antonio, no quería que nadie se lo tocase y, al final, se lo llevó ésta, que se lo quitó del todo y para siempre, aunque esté mal decirlo cuando ya no puede defenderse. Gloria, más que maldad, lo que tenía, lo que tuvo siempre, fue soledad.

Durante tres meses aguardamos la noticia de que habían fusilado a tu tío. No sabíamos nada de él y no dábamos con la manera de enterarnos. Tu padre estaba fichado. Lo habían echado de la fábrica de zapatos en la que trabajaba como curtidor y ahora acudía todas las noches a la plaza para ver si alguien lo contrataba como peón. Tenía pocas oportunidades, porque la mayoría de quienes podían ofrecer trabajo eran de derechas y los pocos patronos que habían tenido ideas republicanas preferían no levantar sospechas contratando a rojos.

Si alguien venía a buscarlo, era siempre por un sueldo muy por debajo del que se pagaba a otros; cuando no conseguía trabajo, se pasaba el día dando vueltas por la casa y, si yo intentaba decirle cualquier cosa, me respondía de mal humor. Tampoco los demás salíamos: sólo lo imprescindible. En cualquier parte podías sufrir las impertinencias de ellos y era mejor pasar desapercibidos. Yo me levantaba muy temprano para ir al mercado. En la media luz del amanecer tenía la sensación de que era invisible, de que nadie iba a hacerme daño, y me movía con más seguridad.

Me puse a trabajar en casa. La abuela María me envió desde Misent la máquina de coser y empecé a aceptar encargos de las vecinas. En Misent, tu abuela ignoraba la detención y condena a muerte del tío Antonio. No habíamos querido decírselo. Pensábamos que era mejor que creyera que había conseguido escaparse al extranjero, y alimentábamos esa versión. «Antonio tenía buenas relaciones. Seguro que consiguió plaza en alguno de los barcos que salieron de Gandía y el día menos pensado recibimos una carta suya ofreciéndonos trabajo y buena vida fuera, en Buenos Aires, o por ahí», le decía tu padre; y en esa versión ocultaba, entre otras cosas, que él ni siquiera hubiese podido conseguir un pasaporte para salir de España en el caso de que su hermano lo hubiera llamado.

Se murió sin salir nunca al extranjero ni pedir el pasaporte. Cuando, con el tiempo, me acompañaba alguna vez al cine, de vuelta a casa después de la función, en la cama, me besaba y me decía: «¿Y si juntáramos un poco de dinero y yo te llevase a París?, ¿te gustaría?» Yo me echaba a reír y le decía que para qué París, si estábamos bien en casa, y, «además», le decía yo, «¿te imaginas cómo íbamos a entendernos con los franceses, si no sabemos ni pedir agua en su lengua?».

Entonces él encendía la luz de la habitación, se levantaba, buscaba la cajetilla de tabaco, prendía un cigarrillo y se ponía a fumar sentado en el borde de la cama. «¿Te das cuenta?», me decía, «los pobres seguimos siendo pobres aunque nos hagamos con dinero. Tienes razón, Ana, ¿qué coño íbamos a hacer tú y yo en París, si no sabemos ni dónde tenemos la mano derecha?»

Pero eso fue más tarde. Tuvo que llover mucho antes de que tu padre pudiera ir al cine y recuperase el buen humor. Luego le duró poco. Aquel primer invierno después de la guerra pasamos mucho frío. No teníamos picón para el brasero, ni leña para la chimenea. Aún no sé cómo conseguimos resistir en casa. La gente se metía en el cine, porque allí al menos se aguantaba el frío. El cine era barato, más que encender el brasero, pero nosotros no podíamos ir porque al final de la película sonaba el *Cara al sol* y a tu padre le repugnaba tener que ponerse en pie con el brazo en alto. Además, siempre se arriesgaba uno a sufrir alguna provocación. A Paco, el vecino que se escondió en nuestra casa al volver de la guerra, su propio suegro lo insultó en el cine y luego lo sacaron a empujones entre cuatro o cinco. Su suegro había dicho a voces: «Ningún hijo de puta rojo tiene que manchar el *Cara al sol* con sus babas.»

Recuerdo aquellos años de frío y oscuridad. Las

escasas bombillas de las calles apenas conseguían iluminar nada a su alrededor. En las casas procurábamos encenderlas lo menos posible, por miedo a gastar; además, cortaban la corriente eléctrica a cada rato. Teníamos frío y hambre. A fines de verano había llegado la primera carta de tu tío, y por ella nos enteramos de que había estado preso en Porta Coeli, en Hellín, en Chinchilla, y que ahora lo habían trasladado a Mantell. Nos pedía comida. Él, que siempre había sido exigente y desganado para comer, nos insistía en que le enviásemos lo que fuera. «Me imagino que a vosotros tampoco os sobrará mucho», decía en su carta, «pero, para que os hagáis una idea, aquí nos parecen un lujo las cáscaras de naranja y las peladuras de patata. Qué tiempos más bonitos, cuando estábamos todos juntos y nos reíamos y no nos faltaba lo indispensable.»

Esa misma tarde tu padre se industrió un puñado de algarrobas, almendras y boniatos. Le hizo un paquete y se lo mandó todo por medio de un transportista de Bovra que expedía mercancías cada día a Mantell, Alcoy, Jijona y Alicante y que se dedicaba al estraperlo. Aún ignoro de dónde sacó tu padre el dinero para pagar el porte. Con el tiempo, nos enteramos de que las almendras no llegaron nunca a su destino. Las algarrobas y boniatos lo hicieron sensiblemente menguados.

La guerra se prolongó para nosotros en la cárcel de tu tío. Seguíamos en guerra, aunque ya hubiese oficialmente concluido, también porque al amanecer oíamos los disparos procedentes de la tapia del cementerio. Una semana después de recibir la primera carta de tu tío, empezó el calvario de los viajes. Viajar hoy desde Bovra a Mantell resulta fácil, pero entonces había que hacer trasbordos, pasar horas y horas en andenes abandonados en los que el viento barría las hojas secas y los papeles, sufrir el traqueteo interminable de aquellos vagones de madera repletos de mujeres enlutadas y silenciosas. En el primer año después de la guerra, los trenes iban abarrotados. La gente se marchaba de sus casas, o se buscaba, y el tren recogía toda esa desolación y la movía de un lugar a otro, con indiferencia. De vez en cuando, los policías recorrían los vagones y miraban con especial suspicacia la documentación que les mostraba una de aquellas mujeres y la hacían levantarse de su asiento y se la llevaban. Entonces nos asfixiaba el silencio.

Acudíamos todas las semanas a visitarlo. Ya te digo que no sé de dónde sacábamos el dinero para el billete, ni la poca comida que conseguíamos llevarle. Llegábamos a Mantell al amanecer, después de toda una noche en el tren. Nos turnábamos: una semana iba tu padre y otra viajaba yo. En Mantell habíamos conseguido que una mujer nos alquilase su cocina y en ella preparábamos algo para que tu tío ese día pudiera comer caliente. No era gran cosa lo que podíamos ofrecerle: a veces, unas patatas con nabos; otras, garbanzos con algún hueso. No era mucho, pero era más de lo que nosotros mismos teníamos en casa. Tu abuela María también empezó a hacernos llegar para él lo que conseguía en Misent: bacalao, para que le hiciésemos un potaje, o algún huevo del corral. A veces nos citábamos en el trasbordo de Gandía y hacíamos juntas el viaje hasta Mantell. Aunque le dijimos que el tío Antonio estaba en la cárcel, siempre le ocultamos que pesaba sobre él la amenaza de una pena de muerte.

Le acusaban de haber requisado para las Juventudes Socialistas Unificadas una máquina de escribir, papel y unos archivadores, y de haber ocupado el local de un exportador del puerto de Misent, pasado al bando de Franco, para instalar allí la sede de su partido. Acabada la guerra, de los ocho componentes del grupo, dos habían sido fusilados, tres estaban en la cárcel y de los otros dos nada se sabía. Pasado el tiempo, nos enteramos de que a uno de ellos lo fusilaron en los primeros días del final de la guerra y que los otros dos consiguieron escapar a Francia.

Tu tío Antonio siempre se relacionó con gente de clase superior a la de su familia. Oficinistas, maestros, empleados de la administración o de banca y algunos comerciantes forman parte de su grupo de juventud. Fue algo que me llamó la atención desde el primer día, porque vestía con elegancia y hablaba de libros y de política. Como si perteneciese a otro mundo.

Tenía para él solo la mejor habitación de aquella casa minúscula en la que se amontonaban los demás componentes de la familia, y en esa habitación había un fonógrafo y algunas placas: le gustaba la buena música, tarareaba canciones de Caruso, fumaba en boquilla y dibujaba en unas enormes hojas de papel que tu padre le regalaba. También le regalaba los lápices, las camisas –algunas se las hice yo–, los chalecos y los zapatos. «Es el artista de la familia», me dijo orgulloso el día que me lo presentó. Yo no entendí muy bien la razón de tanto privilegio.

El abuelo Pedro había muerto a principios de la guerra y ni tu padre ni tu tío pudieron asistir al entierro. Estaban en el frente y tardaron casi un mes en enterarse de su muerte. La abuela María y yo lo atendimos en los últimos días de su enfermedad. La tía Gloria se había ido a vivir fuera de casa. Ahora estaba con un hombre viudo y mucho mayor que ella. Mantenían una triste relación. Gloria se empeñaba en negarse la felicidad. Siempre fue así. En aquellos días de la guerra, la pareja bebía, discutía y se pegaba. Tu tía Gloria supuso más una preocupación que una ayuda. El abuelo ya no se movía de la cama y había que cambiarlo y lavarlo. Una mañana no se despertó.

También el abuelo Juan perdía sus facultades. Apenas se tenía en pie y sufría viéndose inútil. «Un peso muerto», decía. Y cuando acabó la guerra y empezó a ver cómo tu padre y yo luchábamos a todas horas para conseguir lo necesario, la idea del peso muerto se le volvió obsesión. Se quedaba a oscuras en el comedor durante horas, para no gastar luz, y apenas comía. Estoy convencida de que le daba vergüenza comer porque se sentía culpable de no aportar nada. Algunas tardes se sentaba con la abuela Luisa y conmigo y nos ayudaba en la costura, y eso lo hundía aún más, porque le parecía humillante ser el aprendiz de dos mujeres. Nosotras no podíamos hacer nada. Lo veíamos hundirse y ni siquiera teníamos la oportunidad de hablar.

Así, durante tres años que nos parecieron interminables. Nos habíamos convertido en mulos de noria. Empujábamos, ciegos y mudos, buscando sobrevivir, y a pesar de que nos dábamos todo unos a otros, era como si sólo el egoísmo nos moviese. Ese egoísmo se llamaba miseria. La necesidad no dejaba ningún resquicio para los sentimientos. Lo veíamos a nuestro alrededor.

Los alimentos cambiaban de manos con gestos breves y nerviosos, con gestos de animales voraces. Comprábamos, vendíamos y cambiábamos con ansiedad y yo tenía la impresión de que aquella lucha me era ajena, que no me correspondía, y empecé a odiarlos a todos: a tu padre y a los míos, a tu hermana, a la abuela María y, sobre todo, a tu tío Antonio, que nos destrozaba cada semana, detrás de las rejas, pálido, enseñándonos más miseria y más hambre todavía, como si no fuera suficiente la que nos rodeaba, y pidiéndonos una comida de la que carecíamos.

Algunos días, de regreso en el tren, mientras la lluvia resbalaba en los vidrios de las ventanillas, y todo estaba húmedo y sucio, llegué a pensar que era él quien había tenido más suerte, porque se quedaba allí, quieto, como el zángano de la colmena, esperando, y todos los demás nos movíamos como insectos trabajando para él.

A veces volvía a leer la primera carta que nos escribió desde la cárcel y lloraba al llegar a esas palabras que decían: «Qué tiempos más bonitos, cuando estábamos todos juntos y nos reíamos y no nos faltaba lo indispensable.» Los viejos tiempos me quemaban la memoria con luces multicolores. Las tardes a la puerta de casa con las amigas, los paseos por el campo, con el sol cayendo detrás de los montes y dejando una raya roja entre los pinos, las meriendas en la playa, y las risas, y los bailes en la plaza, «ojos verdes, verdes como el trigo verde», el pelo cortado a lo garsón, el escote marinero reflejado en el espejo del dormitorio, y los zapatos nuevos, con el tacón cortado y ancho, a lo Greta Garbo. Todo se había hecho pedazos y el dolor lo recomponía en mi memoria como si esas cosas fueran el destino que me hubiera estado reservado desde siempre y los demás lo hubiesen destrozado.

Cada noche me preguntaba si es que los demás no se daban cuenta de que la miseria no nos dejaba querernos. Era como vivir entre ciegos. Una tarde, cogí a tu hermana y me la llevé al cine. Ni siquiera sabía qué película pasaban aquel día. Sólo quería vengarme de los otros. No me importó que las vecinas me viesen entrar. Al final de la función, me incorporé como todo el mundo y se me hizo un nudo en la garganta cuando tuve que cantar el *Cara al sol* con el brazo en alto. Por la noche, en casa, tu padre, que ya se había enterado, me besó, me acarició el pelo. Entonces sentí que aquella lucha desesperada por la supervivencia era la forma de amor que nos habían dejado.

Después de esa noche, y durante algún tiempo, nos quisimos más que nunca, más aún que en los primeros meses de conocernos, cuando él me esperaba todas las tardes y siempre me traía escondidos un regalo o una flor, y nos pasábamos el tiempo haciendo planes y nunca nos cansábamos de mirarnos.

Volvimos a hacer planes. Luchábamos lo mismo que los años anteriores, pero yo ahora tenía la impresión de que sabíamos por qué lo hacíamos. Las circunstancias vinieron a ayudarnos. A los pocos días admitieron fijo a tu padre en el muelle de carga de la estación. Yo tenía cada vez más encargos de costura en casa y empezábamos a poder contar con algún dinero cada mes. Poco a poco, la vida se ordenaba. Resultaba menos difícil encontrar lo necesario.

Alguna tarde tu padre nos sacaba de paseo a tu hermana y a mí y visitábamos a los amigos. Era como si después de una helada interminable empezaran a calentar los primeros rayos del sol y el ruido del agua al correr nos alegrara los oídos. A veces venía Paco, y tu padre y él jugaban al dominó y yo les preparaba una taza de café y sentía que todo volvía a estar en su sitio. Me descubría cantando mientras hacía las camas o tendía la ropa, y recordaba las viejas canciones, no con desesperación, sino con una tristeza suave, la del tiempo ido; y los recuerdos no me mordían, sino que me calentaban y me humedecían los ojos con dulzura.

No es que todo se hubiera vuelto de repente fácil. Ya te lo he dicho. Seguíamos luchando igual. Había que buscar el arroz a escondidas, y el aceite y la harina. Pero nos habíamos acostumbrado al pan negro, al azúcar de las algarrobas, a disimular el sabor de unas cosas con otras, y fue un milagro el día en que tu padre y Paco trajeron dos sacos de picón para el brasero, y nos llenaba de alegría cada cosa que obteníamos, algunas manzanas, un pedazo de queso de oveja, unos arenques. Cuando salía del trabajo, tu padre cuidaba del corral y fue naciendo una población de conejos, gallinas y palomas; y ya podía darle a tu hermana un vaso de leche cada día. De repente nos habíamos convertido en millonarios.

Ahora era yo quien iba cada semana a Mantell, porque tu padre no podía abandonar su puesto de trabajo. A veces, la abuela María venía conmigo y, en cualquier caso, el viaje era más soportable. Seguían la incomodidad de los trenes, las largas esperas, las paradas arbitrarias e interminables, el agotamiento, pero aquel deshielo que parecía haberse producido en nuestra casa también parecía afectar a los demás, y en los vagones hablábamos, nos hacíamos confidencias y acabábamos encontrando compañeras de viaje.

Las mujeres que íbamos de visita a la prisión nos reconocíamos a fuerza de vernos semana tras semana. Nos hacíamos encargos, compartíamos cacerolas y cocinas e íbamos perdiendo poco a poco el miedo. De vez en cuando, la noticia de nuevos fusilamientos rompía aquel equilibrio frágil que nos empeñábamos en inventarnos, pero enseguida nos poníamos nuevamente en marcha porque ya sabíamos que era necesario que siguiéramos viviendo.

En algunos momentos del trayecto me sorprendía contemplando el paisaje, descubriendo los lugares que el tren recorría, y me adormecía con el calor del sol, mientras saltábamos barrancos y bordeábamos montañas sembradas de pinos y olivos. Pensaba en lo injusta que había sido culpando a tu tío Antonio, y ese pensamiento me hacía daño y me acompañaba cada vez que divisábamos el edificio de la cárcel y soportaba los registros de los guardias, las bromas pesadas y los insultos, y percibía aquel olor húmedo y sucio de los pasillos que llevaban hasta el locutorio.

Me daba vergüenza, cuando me encontraba ante él, que pudiera descubrir que yo estaba dejando de ser desdichada, y su palidez me parecía una acusación y me turbaba la oscuridad de su mirada. Seguía pendiendo sobre él la amenaza de la pena de muerte, y tuve esa terrible certeza una mañana en que, al llegar a la estación, cundió el rumor de que la noche antes había salido de la cárcel una conducción de doce presos para cumplir otras tantas penas de muerte.

Ese día no pasé por la casa en que alquilábamos la cocina. Corrí desde la estación a la cárcel. Necesitaba saber. Esperé en vano en la puerta hasta que llegó el turno de visitas y escuché su nombre. Entonces entré en el locutorio y no supe cómo explicarle por qué aquel día no le había cocinado nada. «Ha llegado el tren con retraso», le dije, sin pararme a pensar que, de haber sido así, tampoco los otros presos hubiesen recibido su guiso familiar. Creo que intuyó el motivo, porque sonrió con ironía y me dijo que también él había estado un poco nervioso.

Lo soltaron de improviso.

A eso de mediodía llamaron a la puerta de casa y alguien dijo: «El afilador. Está aquí el afilador.» Desde la cocina grité que no necesitábamos nada, pero la voz insistió: «Señora, salga usted, que el afilador le trae un regalo.» Pensé que se trataba de algún guasón y me asomé desconfiada.

Me lo encontré allí, a la puerta, con un saco en la mano izquierda y la maleta de cartón en el suelo, a sus pies. Corrí a llamar a tu padre. Estaba tan excitada que lo dejé de pie en el zaguán, sin ofrecerle ni un vaso de agua. La fuerza de los recuerdos. Llevaba una camisa verde, de manga corta, que le había cosido la abuela María, y era como si la camisa se la hubiesen puesto a un espantapájaros, porque estaba muy arrugada y le quedaba anchísima. También los pantalones le estaban grandes. Los llevaba atados con una cuerda y eran azules, de mil rayas. Hacía calor.

Recuerdo mi trayecto hasta el muelle de la estación. Le había dicho: «Estáte quieto, que voy a llamar a Tomás», y me había echado a correr. En el muelle había algunas cajas de tomates y un montón de sacos que olían pegajosamente a algarrobas secas, pero que contenían fertilizantes, porque recuerdo que se había reventado uno de ellos y pisé su contenido, que cubría parte del suelo.

Tu padre ni siquiera se puso la camisa. Salió corriendo delante de mí y, cuando llegué a casa, ya estaban los dos sentados ante una botella de vino frío que no sé de dónde había salido. Era viernes. El domingo fuimos a Misent, a ver a la abuela María. Tu hermana corrió toda la mañana por el huerto y tu abuela mató una gallina. En la mesa, a la hora de la comida, faltaban el abuelo Pedro y la pobre Pepita, pero era como si hubiesen vuelto los buenos tiempos.

Fue un día luminoso. Tu tío Antonio había recuperado la elegancia y la palidez no le sentaba mal. Tu padre y él salieron antes de comer a tomarse el vermut y volvieron achispados y contentos. Parecía que ya nada podría hacernos daño; que habíamos perdido cuanto teníamos que perder y estábamos de nuevo destinados a la felicidad. Aunque la desgracia siguiera arrastrándose a nuestro alrededor, no iba a tocarnos con sus manos. La guerra había terminado.

Después de la comida, tu tía Gloria y su amigo nos obsequiaron con una bandeja de dulces. También ella estaba radiante y feliz de volver a ver a su hermano. Parecía otra. Se había puesto un ramillete de jazmín en el pelo y se pasó la tarde bromeando. Con un sombrero viejo y un bastón que había sido del abuelo, se disfrazó de Charlot. Se pintó los ojos y un bigotito de cepillo y parecía de verdad Charlot. Todos nos reímos. Tu padre me obligó a beber y tu hermana se excitó. Ella aún no había tenido la ocasión de ver a Charlot en el cine, pero se le contagiaba toda aquella alegría y quiso que tu tía también le pintase un bigote y le pusiera el sombrero.

Por la tarde fuimos a dar un paseo por la playa y luego a un merendero. En una mesa cercana a la que nosotros ocupábamos, un hombre tocaba el acordeón y tu tío le pidió que lo acompañase y cantó para nosotros tangos y romanzas. Tenía muy buena voz y a todos nos emocionaron las letras de aquellas viejas canciones que hablaban de cosas lejanas y, sin embargo, parecían hablar de nuestras propias vidas, de las ilusiones, del sufrimiento y de la alegría que empezábamos a recuperar, aun a costa del olvido de quienes se habían ido para siempre. «De ahora en adelante ya no se irá nadie más. Estaremos aquí, juntos, toda la vida», me repetía yo, como si el fin de la guerra nos hubiera curado de la enfermedad, de la desgracia y de la muerte.

Tu tío se instaló en nuestra casa. Tenía que presentarse a diario en el cuartel de la Guardia Civil, y no era raro que viniesen a controlarlo incluso a media noche. La euforia de los primeros días se había desvanecido. Y a pesar de que allí, en Bovra, no lo conocía casi nadie, se retraía a la hora de salir, y cuando lo hacía —para ir al cuartel, o con cualquier otro motivo—, caminaba huidizo, pegado a la pared y encogido. A veces se me hacía difícil identificar a ese hombre asustado con el que yo había conocido antes de la guerra.

Permanecía encerrado en su cuarto casi todo el tiempo, como si no consiguiera acostumbrarse a los espacios abiertos. Tu padre, cuando volvía del trabajo, procuraba llevárselo al bar, o a casa de Paco para jugar unas partidas de dominó. A veces salía al campo y regresaba con pedazos de madera que tallaba cuidadosamente a lo largo de días enteros. A tu hermana le fabricó un diminuto juego de café en madera y luego lo pintó y parecía que fuese porcelana china. También le hizo un comedor de casa de muñecas. Había aprendido a tallar en las interminables veladas de la cárcel y pronto empezó a buscarse algún dinero por ese medio.

Al principio hizo juguetes y figuritas decorativas, pero a nadie le interesaban los juguetes en aquellos tiempos: nadie estaba dispuesto a pagar por ellos, así que empezó a fabricar cucharones, cazos y cucharas y tenedores de madera, que yo me encargaba de venderles a los vecinos. Tenía muy buenas manos y, aunque ganaba muy poco, se sentía útil. No sólo él, porque el abuelo Juan, hasta entonces condenado a ayudarnos a las mujeres, se sentaba a su lado y, poco a poco, fue aprendiendo a ayudarle; hasta tu hermana colaboraba.

No te voy a decir que de repente se acabaran las dificultades, ni mucho menos. Había que hacer colas para conseguir cualquier cosa, pero tu padre se las ingeniaba para traernos aceite, harina (por fin teníamos, a veces, harina blanca) y arroz, que llegaban de estraperlo al muelle de la estación. Con el tiempo, cuando os he visto discutir a tu hermana y a ti por estupideces, he pensado que entonces nosotros llegamos a ser bastante felices sin poseer casi nada.

Volvíamos los cuellos de las camisas, o los cambiábamos, zurcíamos los codos con cuidado para que no se notasen los arreglos y, al lavar, mimábamos la ropa, frotándola apenas, para no desgastarla. Y, sin embargo, recuerdo con gusto las tardes en las que entraba el sol en el zaguán de casa y me sentaba a coser y veía a tu tío y al abuelo Juan trabajando la madera y me levantaba para prepararles una taza de café. Fíjate, por un momento fue como si la guerra nos hubiese enseñado a soportarnos, a querernos, porque antes yo discutía por cualquier cosa con la abuela Luisa y ahora, sin embargo, vivíamos juntas y nos tratábamos como amigas.

La casa se convirtió en un verdadero taller el día en que se incorporó al trabajo José, un muchacho de aquí, de Bovra, que había estado en la cárcel con tu tío y que, cuando se enteró de que se había venido a vivir con nosotros, se presentó para saludarlo y, al poco rato, ya se había sentado con él y con el abuelo para trabajar. Pronto empezaron a aparecer dos o tres clientes cada semana, que se llevaban la producción, pagaban y les dejaban listas de encargos para los siguientes días.

Tu padre les compró a los carpinteros una mesa de trabajo y herramientas, y, más adelante, un torno. El día en que instalaron el torno, tu tío y José salieron de casa bromeando y volvieron al cabo de un rato con una garrafita de vino y nos hicieron beber a todos. «Porque esto es ya una empresa de verdad», brindó tu tío, mientras acercaba un vaso a los labios de tu abuela, que yo creo que no había probado el vino en su vida.

Se acostumbraron a jugar una partida en el bar, una vez que tu padre volvía del trabajo y se lavaba. A veces también iba con ellos Paco. José comía a diario en nuestra casa y siempre procuraba tener algún detalle. Era muy buena persona, el pobre. Los domingos por la mañana traía churros y, al mediodía, yo les apartaba una patatita del cocido y se la tomaban como aperitivo, con el vino, ante la puerta trasera de la casa, donde en invierno daba el sol. Oían la radio y, después de comer, se iban al fútbol. Una vez que ellos se habían marchado, el abuelo Juan, que participaba muy animado en sus conversaciones, se encerraba en su habitación. A veces lo oía llorar a través de la puerta cerrada.

Pasada la primera temporada de euforia, también tu tío empezó a tener días malos. Se le agriaba el humor de improviso y perdía el buen carácter al que nos tenía acostumbrados y se volvía esquivo y silencioso. Apenas comía. Yo pensaba que tenía que echar de menos Misent, a sus amigos y a su madre, y lo animaba a que cogiera el tren y se marchara algunos fines de semana, ahora que la obligación de los controles se le había vuelto menos rigurosa. Pero, en vez de hacerme caso, se quedaba en la cama hasta tarde, y ni siquiera se asomaba al taller cuando llegaba José. Se levantaba cerca del mediodía, se escapaba por la puerta de atrás, sigiloso como un gato, y se iba solo al campo, de donde ya no volvía hasta la noche.

Me hacía daño verlo así. Parecía que se había caído a un pozo y que no sólo no tuviese ganas de salir, sino ni siquiera de gritar pidiendo auxilio. Lo malo es que esos días se le hicieron más frecuentes. Algunas noches, en vez de marcharse con tu padre y José al bar, se encerraba en su habitación y se quedaba hasta tarde con la luz encendida. A la mañana siguiente, cuando entraba a ordenarle el cuarto, encontraba sobre la mesilla sus cuadernos de dibujo, los hojeaba, procurando que él no pudiera advertirlo, y descubría que había estado dibujando plantas, flores, y también hombres acurrucados en sillas y vestidos con el uniforme de presos. A veces dibujaba mujeres desnudas, y yo sentía vergüenza al ver esas páginas y las pasaba deprisa, como si fueran a quedarse marcadas en ellas las huellas de mis dedos y tu tío fuera a darse cuenta de que las había mirado y eso nos convirtiera en cómplices de algo. En una ocasión, vi que había dibujado mi cara y sentí una culpa que sólo se desvaneció en parte cuando, al pasar la hoja, encontré el retrato de tu padre. Pocas semanas más tarde, en Misent, esa sensación culpable volvió a apoderarse de mí con violencia. Ya no me abandonaría nunca.

Procurábamos visitar a la abuela María al menos una vez al mes. Se había quedado muy sola después de la muerte del abuelo Pedro y tenía que sentir esa soledad a pesar de su entereza. La abuela María no quiso venirse nunca a Bovra. No quería separarse de Gloria, que en vez de servirle como ayuda le daba cada vez más preocupaciones.

Gloria se llevaba igual de mal que siempre con su amante. A veces se presentaba de madrugada en casa de su madre, con la cara llena de arañazos y los brazos amoratados. «No pienso volver con ese hijo de puta ni aunque me lo pida de rodillas», decía. Pero a la otra mañana, sin que nadie le pidiera nada, volvía con él. Y tu abuela nos decía: «¡Cómo me voy ir de aquí, si ésta es la que más me necesita! El día menos pensado hará una locura.» Fingía no darse cuenta de que no hacía falta esperar a ese día, porque Gloria hacía sus locuras a cada instante.

Cuando íbamos a comer a Misent, Gloria –que

se negaba a participar en la comida– se presentaba a los postres, dispuesta a fastidiarnos la fiesta. Nos echaba en cara que sólo fuéramos a Misent para aprovecharnos de la abuela. «Venís a vaciarle la despensa y a ponerla a trabajar como una criada para vosotros», acusaba. La mayoría de las veces se le notaba que había bebido más de la cuenta y ni tu padre ni tu tío le hacían demasiado caso. Sin embargo, en otras ocasiones, consiguió hacernos daño.

Recuerdo un domingo –creo que fue por Pascua, no estoy segura– en que salimos a comer al campo. Tu tío se había separado del grupo y volvió al cabo de un rato con un ramo de flores, que repartió entre tu tía Gloria, tu abuela, tu hermana y yo. Comentábamos tu abuela y yo lo hermosas que eran y el agradable perfume que desprendían, cuando de improviso tu tía tiró su ramo a los pies de Antonio y dijo: «A mí no me gusta ser plato de segunda de nadie, ni siquiera de mi hermano. Dáselas a ella y déjanos a los demás en paz. Sí, a ella.»

Me puse blanca como una pared, y de repente no supe qué hacer con las flores que tenía abrazadas contra el pecho. Tu abuela, que estaba a mi lado, me apoyó la mano en el hombro y me pidió que no hiciera caso. Por suerte, tu padre estaba en ese instante lejos y no había oído nada; de no haber sido así, creo que la hubiera matado allí mismo. Fue tu tío Antonio quien se levantó y le dio una bofetada: «No se te ocurra volver por casa cuando estemos cualquiera de nosotros», le dijo. Y ella respondió: «Pégame. Las bofetadas no te van a curar.»

Esa semana tu tío Antonio apenas trabajó en el taller. Yo misma tuve que ayudar a José y al abuelo para que sacasen a tiempo los encargos. La abuela, él y yo acordamos no comentarle a tu padre el incidente con Gloria. «No sé lo que sería capaz de hacer con ella», dijo la abuela. Y cuando nos quedamos a solas, me pidió que tuviera paciencia, aunque añadió: «Y fuerza de voluntad.» Y a mí me pareció que esas palabras expresaban una sospecha.

Probablemente fueron mis nervios excitados los que me llevaron a interpretarlas así, pero la verdad es que Gloria había conseguido ensuciarnos. Ahora, la tristeza de tu tío Antonio, las mujeres desnudas de su cuaderno y mi retrato formaban el dibujo de un rompecabezas cuyas piezas habían estado sueltas hasta entonces. No sé a quién le escuché decir en cierta ocasión que hay palabras que son de un vidrio tan delicado que si uno las usa una sola vez, se rompen y vierten su contenido y manchan.

El sábado siguiente tu tío decidió volver a Misent —al menos eso fue lo que dijo la tarde del viernes—. Se levantó temprano, preparó la bolsa con la ropa y algo de comida que yo le dejé a punto la noche antes y cogió el primer tren. No regresó el domingo por la noche, a la hora en que acostumbrábamos a hacerlo cuando íbamos a visitar a tu abuela, ni tampoco en ninguno de los trenes de la mañana del lunes.

Volvió después de comer, cuando ya estábamos todos preocupados y pensábamos que podría haberle ocurrido algo. Nos dijo que había estado con la abuela María, pero yo supe enseguida que no, porque venía sin afeitar y traía toda la ropa sucia. La abuela María, además de lavarle y plancharle la ropa, siempre le metía algo en la bolsa para nosotros, y ese día se vino sin nada. Ni siquiera traía una chuchería para tu hermana.

Cuando recogí la ropa sucia, descubrí que olía a perfume de mujer, y ese olor me hizo tanto daño que tuve que inventarme una excusa para salir de casa, porque allí dentro me asfixiaba.

Al otro sábado, repitió el viaje, y el lunes no se presentó. Ni tampoco el martes, ni el miércoles. Y nosotros no sabíamos qué hacer, porque no podíamos llamar a tu abuela a Misent, por miedo de preocuparla sin motivo; ni nos parecía conveniente denunciar su desaparición a la Guardia Civil, cuando apenas hacía unos meses que había dejado la obligación de pasar control. Además, tu padre y José pensaban que se había ido a Francia, o que se había incorporado a alguna de las partidas del maquis que aún quedaban en la comarca.

Yo sabía que no. A ellos les parecía prueba suficiente el hecho de que, al mismo tiempo que tu tío, hubiese desaparecido el dinero que guardaban en la caja común del taller y que tu padre se encontrara el sábado por la mañana con la cartera vacía. A mí, ésas me parecieron pruebas que alimentaban otra sospecha, aunque no quise decirles nada: ni siquiera que también yo había notado que faltaba dinero de mi monedero y que tenía dificultades para poder hacer la compra.

Parece que las mujeres tenemos comunicaciones secretas. Una noche, mientras los hombres trabajaban en el taller y mi madre y yo preparábamos la cena en la cocina, me dijo: «Tú tampoco crees que se haya ido muy lejos, ¿verdad?» Y le respondí que, en efecto, también yo estaba convencida de que no se había ido. «El día que se vaya, y ojalá sea pronto, nos hará a todos un favor», apostilló cuando ya había vuelto a darme la espalda y parecía hablar con la sartén para que yo no la oyera. Pensé en ese momento que las palabras de la tía Gloria la habían infectado a distancia también a ella.

    Aquella semana trabajamos todos en el taller. Tu padre se sentaba con nosotros cuando salía del muelle del ferrocarril, y nos quedábamos hasta muy tarde, pero entre todos apenas conseguíamos sacar el trabajo adelante, porque nos faltaban la habilidad y experiencia del tío Antonio. Por la noche, una vez en la cama, tu padre me abrazaba y repetía como si hablase consigo mismo: «Lo van a matar. Un día de éstos vendrán a decirnos que lo han matado.»
    Dormía con la respiración agitada y hablaba en sueños. Volvía a estar fuera de sí, como estuvo los primeros días después de que se llevaran a tu tío a la cárcel. Y yo no me atrevía a compartir con él mis pensamientos, mis sospechas, y así me iba haciendo cómplice de tu tío sin querer, porque yo sabía que tenía la obligación de evitarle esos sufrimientos a tu padre, y me limitaba a pasarle la mano por la cabeza y a pedirle que se durmiera, como se les pide a los niños pequeños, y a decirle que ya vería como todo se iba a acabar arreglando.

Tuvo que ir tu padre a buscarlo a una casa de citas que había en Cullera. Se enteró de que estaba allí por alguien que llegó en el tren y se lo dijo. Sin avisarnos, se fue a buscarlo. Había perdido en el juego todo el dinero que sacó de casa, y además tu padre tuvo que salirle como fiador y pagar otras deudas que había contraído.

Había estado fuera dos semanas y, durante todo ese tiempo, yo había vigilado con ansiedad los trenes y había ordenado no sé cuántas veces su ropa en el baúl, y me había tropezado con sus cuadernos de dibujo, aunque no me había atrevido a abrirlos. Cada vez que, con cualquier excusa, entré en su habitación, me acordé de las palabras de la abuela Luisa: «El día que se vaya, y ojalá sea pronto, nos hará a todos un favor.» Necesitaba que volviera y, al mismo tiempo, quería que se fuera para siempre.

Volvió borracho y sucio, y tu padre me pidió que le preparase algo caliente para comer, y lo lavó y lo metió en la cama. «La cárcel lo ha hecho polvo», lo disculpó, y yo pensé que disculpaba su propia debilidad. A la mañana siguiente, y sin que su decisión tuviera en apariencia que ver con el regreso de tu tío Antonio, la abuela Luisa decidió volverse a su casa. El abuelo Juan y ella ya no volverían a salir de allí. En esa casa murieron los dos. Primero, el abuelo Juan, y media docena de años más tarde, ella. Ni siquiera después de que se quedó sola quiso dejar su casa. Tú tienes que acordarte de la casa de la abuela Luisa. Te gustaba pasarte las tardes allí. Te escondías detrás de las aspidistras del patio y jugabas con un pajarito que ella te dejaba para que lo paseases atado por un hilo a la pata.

Intento explicarte el desorden que se apoderó de mí por entonces. Me parecía que tu tío no tenía escrúpulos; y, al mismo tiempo, no conseguía librarme de una imagen desoladora: él, metido en un pozo, y sin fuerzas ni siquiera para gritar.

Cada vez que se iba, llevándose nuestro dinero, nos hacía sufrir, pero era como si se dejara arrastrar por la corriente de un río en el que quería hundirse. Y tu padre se convertía en culpable porque lo rescataba y lo obligaba a vivir. Sí, la culpa caía siempre sobre nosotros, porque no lo dejábamos perderse de una vez para siempre.

Él regresaba sudoroso, borracho, sucio; sin afeitar, y, sin embargo, inocente. Nosotros –hablo sobre todo de tu padre– peleábamos por rescatarlo, perdíamos nuestra salud y nuestra felicidad y éramos egoístas. A él lo rodeaba la luz y a nosotros –como en la letra del bolero– nos envolvían las sombras, las sombras de la mezquindad.

Una vez entró de improviso en su habitación mientras yo hacía la limpieza, y me sorprendió con el cuaderno de dibujo en las manos. Entonces sacó otro que guardaba escondido en el doble fondo del baúl y me enseñó diez, veinte retratos míos. Me eché a llorar, de angustia, o de miedo, justo en el momento en que tu padre, de vuelta del trabajo, abría la puerta de la calle. Fue sólo una reacción nerviosa, pero, a partir de ese momento, creo que los dos supimos que ya no podríamos quedarnos a solas en casa.

Teníamos que evitarnos.

Sospeché que yo misma le estaba perdiendo el respeto a tu padre. No entendía que fuese tan permisivo con tu tío y que no se diera cuenta de que nos ponía en peligro. Le exigía que defendiera más nuestra casa, aunque cada vez que se lo insinuaba –apenas una palabra, porque no me atrevía a pronunciar la verdad de lo que no existía–, él siempre me salía con eso de que la cárcel lo había hecho polvo, y no quería darse cuenta de que había algo en tu tío que podía hacernos polvo a los demás.

Aquella escapada no fue la última, y si el taller se salvó, fue por nosotros: por tu padre, por José, por mí, por tu abuelo Juan, a quien tu hermana le llevaba a casa el trabajo cada día. Tu tío Antonio bebía, se iba durante semanas enteras, se llevaba el poco dinero que nos esforzábamos en guardar y se lo gastaba en el juego. Y yo había vuelto a complacerme –sufriendo cada vez más– entrando en su cuarto cuando él no estaba, vigilando los trenes que llegaban a la estación por ver si volvía, cuidando su ropa y acariciando las tapas verdes del cuaderno de dibujo.

Había empezado a odiarlo, quería que se marchara para siempre y, al mismo tiempo, me sentía culpable, como si estuviera engañando a tu padre. No sé cómo explicártelo. Era como si tu tío Antonio y yo nos comunicásemos a escondidas durante sus ausencias. Y era así porque tu tía Gloria había echado sobre nosotros el celofán de un secreto; o porque había puesto al descubierto que él y yo respirábamos un aire distinto al de los otros, porque habíamos vivido hasta entonces envueltos en ese celofán que ni nosotros mismos advertíamos.

Entraba en su habitación y deseaba que se fuera para siempre y, sin embargo, sentía algo en la punta de los dedos cuando pasaba el trapo del polvo por la superficie de su mesilla, o cuando recogía su ropa sucia: algo que me hacía temblar y que no tenía nada que ver con lo que esas actividades provocaban en mí cuando las llevaba a cabo en cualquier otro rincón de la casa.

Como en los primeros tiempos recién acabada la guerra, volví a sentir que todos me habían abandonado. Y volví a odiarlos. Lo odié a él y odiaba a tu tía Gloria, y a tu padre, porque tenía que librarme de él y no lo hacía, y a la abuela Luisa, porque me había acusado con sus sospechas y luego se había ido dejándome a la deriva como una rama seca en la corriente de un río.

De nada valían los sueños de la juventud. Yo estaba casada con tu padre, lo quería, y, sin embargo, no podía gritarle que me salvara. ¿Entonces? Yo sólo sabía que no puede nombrarse lo que no existe. Y nada existía: sólo una certeza resbaladiza como un caracol, un aceite que se escapaba entre los dedos y dejaba manchas.

Una noche me abracé a tu padre y le dije que quería que volviésemos a estar solos él, tu hermana y yo, como habíamos pensado que lo estaríamos hasta que llegó la guerra. Se volvió del otro lado en la cama y me pidió paciencia. Luego, ya bostezando, dijo que todas las mujeres éramos igual de egoístas. Entonces me pareció una piedra, algo frío e insensible que, por más que me esforzase, no iba a poder calentar. Aquella noche hubiese querido castigarlo, hacerle daño, aunque sólo fuera para demostrarme que también él merecía compasión porque era un ser capaz de sentir.

Pareció tranquilizarse durante los meses que siguieron. Sus escapadas se hicieron menos frecuentes y se entregó con aparente ilusión al trabajo. No era raro que tu padre y José tuvieran que insistirle para que dejase la tarea, porque a veces se quedaba hasta la madrugada y se empeñaba en trabajar también los domingos. Los domingos, mientras los hombres se marchaban al fútbol, tu hermana y yo visitábamos a los abuelos y, con el tiempo, nos acostumbramos a ir al cine.
   Ahora, las películas ya eran habladas y el piano permanecía silencioso al pie de la pantalla, sin que nadie se ocupase de hacerlo sonar. Yo le hablaba a tu hermana de los tiempos de antes de la guerra y del sonido de eso que a ella le parecía un mueble, un armario o algo así, y que nunca había tenido ocasión de escuchar.
   Cierta tarde, de vuelta de casa de tu abuela, al pasar ante la ventana del salón de una casa elegante, es-

cuchamos el sonido de un piano y nos quedamos un rato allí, quietas y pegadas a la reja. A los pocos días, tu hermana volvió de la escuela muy excitada. Me dijo que se había asomado al interior de aquella casa y que el piano tenía la tapa levantada y que por dentro era como fichas de dominó puestas en fila.

Desde esa tarde, me la encontraba con frecuencia en algún rincón de la casa, sentada en el suelo, ordenando en una caja las fichas del dominó de tu padre y tarareando canciones que se inventaba.

Pasados los años, y cuando ya había empezado a trabajar en la fábrica de productos químicos, una vez me enseñó sus manos estropeadas y me dijo con una sonrisa triste: «¡Y yo que de pequeña quería ser pianista!» A veces me acuerdo de sus palabras, cuando la veo incapaz de salir de esa burbuja a la que la vida la ha condenado, teniendo un hijo tras otro.

Cuando la oigo hablar sin ilusión, escupir amargura y egoísmo y consumir montones de cigarrillos, siempre agobiada y siempre insatisfecha, me acuerdo de la niña que cantaba ante las fichas de dominó y pienso que, si tu padre se entregó a la derrota demasiado pronto, si lo vencieron enseguida, yo tenía que haber luchado más por ella, y me pregunto de qué nos valió la honradez, la entrega, el querer que las cosas fueran como creíamos que tenían que ser.

Nunca me ha gustado la gente que corre detrás de los de arriba, pero me hubiera gustado otro futuro para ella: no sé, que se casara con el hijo del chico rubio que tocaba el piano en el cine y del que no volvimos a saber nada después de la guerra.

Trabajamos mucho durante aquellos años. Tu padre se dejaba la salud en el muelle de la estación. Yo cosía, me ocupaba de la casa, ayudaba en el taller de carpintería, lavaba y planchaba para las vecinas. Cuando pienso en aquellos tiempos, no me explico cómo conseguíamos sacarle tantas horas al día. Incluso tu hermana, cuando salía de la escuela, colaboraba como si fuese una mujer. A tu hermana y a mí nos salvaba el cine de los domingos.

Llorábamos con lo que les pasaba a los artistas del cine, y así ya no teníamos que llorar en casa. A medida que se alejaban los recuerdos más espantosos de la guerra, volvíamos a soñar: un día podríamos peinarnos como aquellas mujeres tan guapas, que parecían de verdad en la pantalla, y no eran más que humo: el polvo luminoso que se escapaba de la cabina del maquinista. Pasearíamos junto a la playa en uno de aquellos coches silenciosos, que hacían un ruido suave, como un silbido, cuando frenaban en la grava de los jardines, entre los rosales y los macizos de hortensias. Al salir, nos reíamos de nuestros sueños: «¿Te imaginas? Yo con ese gorro que parecía que llevaba un frutero encima, o con el de la mala, ese que llevaba un poco de tul negro para ocultar la mirada, y una pluma negra. Tu padre, vestido de esmoquin blanco, le reñiría al chófer por conducir con brusquedad. Le diría: "¿Pero es que no se da cuenta de que lleva a una gran dama y a una señorita?, ¿o es que cree usted que transporta ganado?"» Tu hermana se reía, porque nos imaginaba a tu padre y a mí, bailando el vals, ligeros como plumas, y con las caras tapadas con un antifaz. Durante toda la semana, nos acordábamos de las películas del domingo.

No podíamos quejarnos. Poco a poco, la vida se volvía más fácil. Tu padre alquiló una cuadra en las afueras del pueblo. La limpiamos entre todos e instalamos las máquinas allí. El local, una vez ordenado, quedó presentable. Olía a lejía. Incluso tu tío parecía haber recuperado el buen humor. Canturreaba a todas horas esas romanzas de Caruso que tan bien se le daban. Ahora iba de casa al taller y del taller a casa y no abandonaba el trabajo como no fuera para salir con tu padre y José, o para ir algún fin de semana a Misent. Si, por cualquier motivo, nosotros no podíamos ir con él, me pedía que le dejara llevarse a tu hermana. Creo que se tenía miedo.

También al abuelo Juan le vino bien la instalación del taller en el nuevo local. Estaba muy cerca de su casa y, cada mañana, José y tu tío iban a recogerlo y se pasaba el día allí, ayudándoles, y se entretenía y se le desvanecían sus obsesiones.

Yo me decía que ahora no nos faltaba nada, pero

ya había aprendido a desconfiar de la felicidad, que siempre se nos acababa escapando, y pensaba con frecuencia en qué iba a ser lo que viniera a romper el equilibrio de nuestras vidas, y sentía una enorme tristeza cuando acariciaba a escondidas las tapas verdes del cuaderno de dibujo de tu tío, o cuando veía volver a tu padre del trabajo. En el cine, a veces me echaba a llorar sin que viniese a cuento.

La primera vez que vino al pueblo fue en vísperas de Pascua. La trajo una muchacha de aquí, de nuestra calle, que trabajaba como planchadora en una casa aristocrática de Valencia, unos marqueses o algo así. Venía impresionante. Aquí, de no ser en las películas, jamás habíamos visto a una mujer que vistiese con tanta afectación. Por no faltarle, ni siquiera le faltaba el gorrito: uno de esos gorros que tanto nos hacían reír a tu hermana y a mí cuando los veíamos en el cine. Seria, distante, venía con un objetivo. Aunque de eso nos enteramos más tarde.

Al parecer, la planchadora le había hablado de tu tío y hasta le había enseñado alguna fotografía, así que ésta se presentó el fin de semana con el propósito de conocerlo. Ni se acercó para saludarnos, ni alargó el brazo para darnos la mano, como si todo, en el pueblo, le diese un poquito de asco. Sin embargo, a media mañana, ya estaba con la vecina en el taller, venga a hablar y reírse con José y con tu tío, y allí no tuvo ningún reparo en sentarse en una banqueta llena de serrín, y en comer lo que yo les llevé a mediodía, eso sí, haciendo muchos ascos, pero sin dejar bocado.

Por la tarde pusieron la radio y estuvieron allí bailando los cuatro, sin que les importasen los comentarios de la gente del pueblo. A la noche siguiente, la planchadora se marchó y ésta se metió en el casino con tu tío y telefoneó a Valencia, sin duda para explicar los motivos de por qué no iba. Nadie pudo enterarse de lo que dijo, porque habló en inglés. Luego, tu tío se presentó en casa con la carretilla del taller, cargó en ella un colchón, sábanas y mantas, y dijo que esa noche no vendría a dormir.

Cogió el tren a la tarde siguiente y, cuando los vi despidiéndose en el andén de la estación, pensé que no iba a tardar muchos días en volver y que, cuando volviera, sería para quedarse.

No me equivoqué. Al otro viernes se presentó de nuevo y, un par de domingos más tarde, tu tío nos pidió que los acompañásemos a Misent. En mitad del trayecto, se puso de repente serio, y dijo: «Isabel será pronto mi mujer. Vamos a casarnos en cuanto podamos.» Y ella, que había estado comiendo en nuestra casa, que había estado entrando y saliendo con tu tío, y que hasta ese momento apenas nos había dirigido la palabra, se levantó del asiento con una sonrisa llena de simpatía y nos besó a tu padre, a tu hermana y a mí. En ese momento, Isabel –yo creo que hasta entonces ni sabíamos su nombre– se dio cuenta de que existíamos.

Para entonces, ya nos habíamos enterado de que

no era la sobrina de esa familia de Valencia, sino una de las criadas, y que si hablaba inglés era porque había vivido en Inglaterra con esa familia en los años de la República y la guerra. Fíjate si me iba a creer la repentina simpatía de su sonrisa.

Pensé que me había equivocado. No era muy eficiente para la casa —no sabía cocinar, ni coser, ni planchar y era torpe cuando fregaba y lavaba—, pero se esforzaba por ayudarme. Nos llevábamos mejor de lo que yo había pensado en un principio. Aprendía con facilidad cuanto yo iba enseñándole. Por la tarde, se sentaba a escribir cartas, y también en unos cuadernos en los que anotaba —según ella misma me contó— cuanto le ocurría a lo largo del día. «Pero si, por suerte, no nos pasa nada», le decía yo, «¿de dónde puedes sacar tema para pasarte tanto tiempo escribiendo?» Nos reíamos las dos. Tenía una letra grande, hermosa, en la que las bes y las eles sobresalían como las velas de un barco.

Aprendí a admirarla. A que me gustara su ropa: los escasos vestidos que se había traído consigo, muy gastados, pero de corte elegante, y los que la señora le regalaba cuando iba a Valencia, y que yo le ajustaba a sus medidas. También empezó a gustarme su capacidad para hablar y convencer a los hombres de cuanto ella pensaba que debía hacerse, incluso en el taller, donde había empezado a llevar las cuentas. Y envidié –aunque no dejaba de escandalizarme– el modo en que trataba a tu tío, a quien besaba y acariciaba en público.

Se ofreció a mejorar mi torpe letra, a cambio de que yo la enseñara a cocinar; a traerme de la capital frascos de perfume y cremas de maquillaje, a cambio de que yo la enseñara a coser. Me hizo un montón de promesas que a mí me ilusionaron. Pasamos muchas tardes sentadas junto a la ventana. Ella vigilaba mi caligrafía y yo sus puntadas irregulares. A veces, me leía algunos párrafos de lo que había escrito ese día en sus cuadernos. En ellos hablaba de que, al abrir la ventana de la habitación, la luz del sol la había emocionado, o de que el aire llegaba húmedo y olía a mar. Era como si tuviese unos dedos más largos que los nuestros y pudiera tocar aquello que nosotros no alcanzábamos.

Y a mí eso me parecía envidiable, como también me lo parecía –aunque desconfiase– que hiciera planes por sí misma, y no pensando en los otros; y que su tristeza o su alegría tuvieran vida propia y no dependiesen de cuanto había a nuestro alrededor, que era lo que yo creía que podía hacerme sufrir o alegrarme.

Una tarde me leyó algunas líneas: «Melancolía», decían, «en esta tarde calurosa sufro la tristeza de la soledad y el aburrimiento. Bovra es un vacío en el que me falta el aire.» Cuando terminó la lectura, levantó la cabeza y se quedó mirándome. Ahora pienso que tal vez leyó aquellas palabras como una especie de prueba y que yo reaccioné con una ingenuidad que tuvo que defraudarla. «¿Por qué esa tristeza, Isabel, por qué escribir de soledad ahora, cuando empezamos a ir mejor, cuando estamos juntos?» Sonrió mostrándome esa tristeza que había escrito y cerró el cuaderno.

Cuando intentaba levantarse para ayudarme a preparar la cena, yo me negaba. Me parecía interrumpir con algo demasiado vulgar lo que ella hacía, escribiendo con un cuidado y una dedicación exquisitos. Ciertas tardes, me encerraba en su habitación y me mostraba los frascos de perfume que, al parecer, le regalaba su antigua señora, y que contenían esencias que olían a rosas, a jazmín, a clavel. Eran unos frascos tallados en cristal, preciosos, y ella me ponía con la yema de su dedo meñique unas gotas detrás de la oreja y me decía: «Esta noche va usted a volver loco a Tomás», y a mí me turbaba su lenguaje y también cuando me proponía cambiarme el peinado o que me pusiera alguno de sus vestidos y sus zapatos, pasados de moda pero elegantes.

En un par de ocasiones disfrazó a tu hermana, y a mí me dio una sensación muy extraña: como si la niña fuera a escapárseme de las manos porque ella fuera a convertirla en una cualquiera. A tu hermana le prohibí que entrase otra vez en su cuarto, y yo me avergonzaba cada vez que la niña, de vuelta del colegio, nos encontraba a las dos allí dentro.

Cuando tu padre, tu tío y José volvían del fútbol un poco bebidos, y charlaban y se reían y hacían bromas en voz alta, se ponía de mal humor y me decía: «No puedo soportar toda esa vulgaridad, su chabacanería y su estúpida falta de ambición. Pero, Ana, ¿no se da usted cuenta de que nos están condenando a fregar cazuelas el resto de nuestra vida?» Yo no quería entenderla. Para mí, y después de todo lo que habíamos pasado, la felicidad era exactamente lo que teníamos, incluidos los sueños que el cine nos prestaba.

Cierta tarde, sonó con insistencia un claxon a la puerta de casa y salimos tu padre, tu tío y yo a la calle, para ver quién nos reclamaba. Resultó ser ella, al volante de un coche que, al parecer, le había dejado Raimundo Mullor. Venía muy excitada y nos invitó a subir, ante las miradas sorprendidas de los vecinos. Tu tío montó en el asiento de al lado y tu padre y yo nos quedamos en la acera. Tu padre miró con ojos turbios cómo arrancaba de nuevo el automóvil.

Así fui dándome cuenta de que ella había llegado a Bovra y se había instalado en nuestra casa con un propósito. Descubrí que ninguna de todas aquellas promesas de intercambio que me había hecho, y que tanto me habían ilusionado, le interesaban lo más mínimo, y que no tenía la menor voluntad de enseñarme o de aprender. Lo único que pretendía era convertirme en cómplice para escapar de un mundo que sólo había aceptado como primer escalón para llegar a otro que debía de calcular y añorar a cada instante.

Quería que me maquillase, que me cuidase las uñas y que me atreviera a llevar sombrero. A veces me ha dado por pensar si no querría convertirme en una caricatura suya, en una muñeca boba con la que se podía jugar. Yo no le acepté aquel juego. Yo era ya una mujer, y me había trazado, o había encontrado, mi camino. Si no éramos cómplices, no podíamos ser más que enemigas.

Perdió el interés en hablarme, en ayudarme en las tareas de la casa, en proponerme esas cosas que yo miraba con miedo, pero también con esperanza. Poco a poco, me fue dejando ver que ella estaba encima de no sé quién ni de dónde, porque había venido sin nada, seguía sin nada, y todo nos lo pedía con una voz muy suave, que le cambiaba en cuanto lo había conseguido. Ya sabía que no íbamos a ser cómplices.

Algunos fines de semana íbamos a Misent. Intentaba ganarse a la abuela María con sus frascos de perfume y con esa dulzura que sabía poner en las palabras y que a mí me daba envidia y desazón. La tía Gloria le pedía que le dejase el sombrero y salía a pasear con él puesto los sábados por la tarde y estaba contenta como si al final hubiera conseguido que su hermano Antonio tuviese lo que ella había soñado para él. «Ésta sí que es una verdadera señorita», me decía orgullosa.

Yo callaba y asentía, aunque ya había empezado a

sospechar cuál había de ser el desengaño de Gloria, su sufrimiento. No me equivoqué y mis sospechas se quedaron, pasados los años, cortas. Al poco tiempo, dejaron de venir con nosotros a Misent. Ella tenía que ver a sus familiares en la capital y, además, ponía como excusa misteriosas visitas y quehaceres. Cuando nos veía llegar a tu padre y a mí solos con la niña, la abuela María sonreía con amargura.

En la modesta despensa que teníamos empezaron a faltar la harina, el arroz, el aceite y el azúcar. Yo notaba las mermas en todo, pero prefería callarme, no decir nada, porque me imaginaba que ella les llevaba a sus familiares cuanto nos quitaba a nosotros. Por aquellos tiempos, comprendíamos esas cosas. En la capital era difícil conseguir casi nada, como no fuera a costa de mucho dinero. Y nadie teníamos dinero. Sin embargo, yo pensaba que lo normal hubiera sido decírnoslo tranquilamente en vez de tener que robarnos a escondidas. Me callaba, porque no quería que se enfrentasen tu padre y tu tío, a pesar de que sabía que ese enfrentamiento tenía que llegar.

A los robos siguieron las enfermedades. El médico le dictaminó a los pocos meses de vivir con nosotros una dolencia del estómago que le impedía comer lo mismo que los demás cada vez que el menú no era de su agrado. Esos días, ella se preparaba un puchero aparte, con una pechuga de gallina o un muslo, y verdura. Ya había perdido la costumbre de ayudarme en la cocina y ahora sólo esos días se acercaba para prepararse su comida especial. Tu hermana comía garbanzos con un poco de grasa de cerdo, o patatas, y miraba de reojo hacia las verduras y el pollo de los recién casados.

Sólo si la carne aparecía en la olla común comían con nosotros, pero entonces ella se volvía interesadamente servicial. Secuestraba la cazuela en la cocina y la ponía a su lado, sin dejarla llegar al centro de la mesa. Cogía el cazo y se encargaba de apartar las raciones, con lo que lo mejor se iba siempre a su plato y al de tu tío, que comía sin levantar la cabeza, avergonzado. Más adelante, empezaron a buscar excusas para comer en horas distintas a las nuestras. Cuando iban a Misent, se comportaban igual.

De repente, en la familia ya no éramos todos iguales: ellos dos habían mejorado su forma de vivir y vestir y nosotros nos habíamos vuelto más pobres. Y, sobre todo, como hubiese dicho ella en su diario, más mezquinos.

Con tu padre no me atrevía a hablarlo. Él tenía que darse cuenta, lo mismo que nos dábamos cuenta la abuela María y yo, pero callaba. Después entendí que, para conseguir callarse, se sometía a violencia y que eso empezó a hacerle un daño que acabaría por cambiarle el carácter. Cuando nos comunicó que estaba embarazada, y que el médico le había anunciado dificultades y le había impuesto un régimen severo, supe que aún iba a hacerse mayor la diferencia entre ellos y nosotros. No me equivoqué. A partir de ese día llegaban a casa huevos, carne y leche, a los que nosotros no teníamos acceso.

Tu tío ya sólo de vez en cuando iba al fútbol. Se quedaba con ella las tardes de domingo, y yo se lo agradecía porque así me libraba de la obligación de silencio con achicoria. En cierta ocasión –creo que fue por Navidad, porque recuerdo una tarde muy fría–, tu padre y José se fueron al partido y yo me llevé a tu hermana a casa de la abuela Luisa y luego al cine, mientras ellos dos se quedaban en casa porque tu tío había dicho que no se encontraba bien.

A la salida del cine nos acercamos tu hermana y yo al quiosco del parque. Yo con la intención de cambiar una de aquellas novelas de amor que me gustaban, y tu hermana porque quería que le comprase un recortable que le había prometido. Cuando pasamos frente al Casino, tu hermana se rezagó, pegó la cara al cristal de la fachada y dijo: «La tía Isabel y el tío Antonio están ahí.»

La aparté de un manotazo y ni siquiera la creí. Pero ella insistió: «Están ahí, en la mesa del rincón.» Volví la cabeza y, por el agujero que en el vaho del cristal había hecho tu hermana con la mano, vi que sus ojos me miraban y que luego se apartaban precipitadamente en otra dirección.

Durante la cena de esa noche, se sirvió lo mismo que todo el mundo, no se refirió para nada a sus molestias de estómago ni a su embarazo, ni buscó el cazo para apartar la comida. Y cuando tu padre y yo nos metimos en la cama, me odié, porque me faltó valor para contárselo. Quizá porque no tenía ganas de escucharle otra vez que todas las mujeres éramos egoístas.

Y tu padre, callado.

Los domingos por la tarde, después de comer, silbaba y canturreaba, mientras se vestía. Salía limpio y afeitado del dormitorio y se ponía la chaqueta sin dejar de silbar. Luego, volvía a la mesa ante la que los demás seguíamos sentados, encendía un toscano, le ofrecía otro a tu tío, y decía: «¿Nos vamos al fútbol?» Tu tío negaba con la cabeza y balbuceaba una excusa, al tiempo que yo recogía las tazas del café y me dirigía hacia la cocina para no tener que volver a asistir a una escena que se había convertido en habitual.

Cuando regresaba al comedor, tu padre se había servido una copa de coñac y la miraba con insistencia, ya silencioso, hasta que venía a recogerlo José. Entonces recobraba una animación forzada y se ponía a hablar en un tono que no le correspondía, y seguía hablando sin parar, como si temiera derrumbarse si se callaba, hasta que se despedían desde la puerta.

Yo notaba cómo le iba cambiando el carácter.

Probablemente, nos iba cambiando a todos. Era como si, no teniendo ya que resistir frente al exterior, necesitáramos seguir consumiendo nuestra energía, ahora de puertas adentro. A veces me paraba a pensar qué deprisa nos habíamos olvidado de todo. También pensaba que, en cuanto las cosas se quedaban atrás, dejaban de ser verdad o mentira y se convertían sólo en confusos restos a merced de la memoria. No había nada que salvar. El tiempo lo deshacía todo, lo convertía en polvo, y luego soplaba el viento y se llevaba ese polvo.

Ahora pienso que la injusticia me hirió sobre todo en el orgullo, porque de repente era como si no hubiésemos hecho nada por ellos; casi te diría que ahora era como si nosotros tuviésemos que estarles agradecidos. La gente dio en pensar que de la mano de ella había llegado la abundancia a nuestra casa.

Se les veía en el Casino, en la pastelería, tomando el vermut con Mullor, el que pegó a tu padre en el sótano del ayuntamiento al final de la guerra. Tu padre tenía que enterarse de igual manera que yo me enteraba. Tenía que saber dónde tomaban el vermut y con quién se reunían para bailar y jugar la partida. Alguien tuvo que decirle frases como las que yo me vi obligada a escuchar en alguna ocasión: «Hay que ver cómo habéis subido desde que ha llegado la "mis" (así la llamaban en el pueblo). Se nota que viene de una familia de dinero.»

Tu padre, aunque debía de escuchar comentarios como ése, seguía callado. A veces se enfadaba conmigo sin motivo. Bebía más y empezó a llegar borracho algunas noches. «Egoísmo. Eso es lo que tenéis las mujeres: egoísmo», me decía. Y a mí me dolía que me lo dijese, porque yo nunca había pensado en una felicidad que no fuese la suya y la de tu hermana, ni en un porvenir que no los incluyese, y ellos dos habían estado siempre antes que yo.

Otros días, o a veces después de haberme gritado sin motivo, sollozaba entre mis brazos en la cama y me pedía perdón: «No valgo nada. No he sido capaz de darte la vida que te mereces, ¿verdad?», se quejaba, «Perdóname.» Y a mí me costaba perdonarme a mí misma, porque había llegado a pensar que él era incapaz de sufrir y lo había despreciado, y ahora me daba cuenta de que había ido destrozándose por dentro y yo ya no sabía qué hacer para salvarlo.

Me faltaba esa capacidad para hablar con palabras dulces que ella tenía. Me faltaba saber escribir en un cuaderno pequeño con letra segura y bes y eles como velas de barco empujadas por el viento. Ahora no era suficiente la compasión, la entrega. La vida nos exigía algo más: otra cosa que no habíamos imaginado que iba a hacernos falta y que intuíamos que tenía que estar en algún lugar de nosotros mismos, pero que no sabíamos cuál era. Nos faltaba el plano que nos llevase hasta ese lugar secreto. Y vagábamos perdidos, sin encontrarlo.

Se levantaba tarde, siempre con las excusas de su embarazo y enfermedad. Y una mañana que se levantó más temprano de lo que acostumbraba, fue para romper delante de mí el cuaderno de tapas verdes de tu tío y arrojar los pedazos a la cocina económica que yo acababa de encender. No fue un gesto inocente. Tenía prisa. Me pedía que le preparase la achicoria y yo se la preparaba. Me decía que se encontraba mal, que si podía calentarle un poco de caldo y llevárselo a la cama («sea usted tan amable», me decía en un tono que me hacía daño) y yo se lo calentaba y se lo servía. Nos ahogábamos en una miseria peor que la que trajo la guerra.

Ella quería que estallase, y yo evitaba el enfrentamiento. Con el único con quien podía desahogarme era con José. Con él se comportaba del mismo modo que conmigo. Fingía tratarlo con dulzura cuando se encontraban ante testigos, pero en cuanto se quedaban los dos a solas le gritaba, le daba órdenes y llegó a esconderle las herramientas. José veía acercarse el fin de la sociedad y me comunicaba sus sospechas. Además, sabía que las cuentas de la empresa eran cada vez más oscuras. De algún sitio tenían que salir los vermuts, las relaciones y la ropa que se compraban. Mientras los demás seguíamos confeccionándonos en casa todas las prendas de vestir, ellos habían empezado a comprar en la tienda. «Lo pagaré poco a poco», o «Lo he comprado con unos ahorros que me traje», me decía al principio. Luego ya no me daba ninguna explicación.

José le dijo que no quería volverla a ver por el taller y llegó a amenazarla: («Si le cuentas algo a tu marido, yo también le comentaré algunas cosas que no te van a favorecer», le dijo.) Durante algún tiempo no pisó el taller, y su permanente presencia en casa vino a complicarme aún más las cosas.

Se pasaba las horas en la cama y, un rato antes de que tu padre y tu tío volviesen del trabajo, se levantaba y se ponía a ordenar lo que ya estaba ordenado y, cuando ellos regresaban, se mostraba agitada y sudorosa. Tu tío llegó a decirle a tu padre: «Isabel lleva mal el embarazo y no es conveniente que trabaje tanto. Díselo a tu mujer.» Y tu padre vino a decírmelo. Ya no pude más.

Esa misma noche le pedí que saliésemos a dar un paseo los dos solos. Y en un banco del parque se lo conté todo.

Sentí un inmenso alivio, pero luego no pude dormir. Me acordaba de los largos viajes hasta la cárcel de Mantell; de las horas de espera en estaciones en las que el viento del invierno balanceaba los faroles y la lluvia golpeaba los vidrios de la marquesina. Todo había sido doloroso e inútil. Veía otra vez a tu tío, pálido detrás de las rejas, y sus ojos oscuros cuando nos agradecía los miserables boniatos, y aquel mediodía en que volvió a casa y gritó desde la puerta que había llegado el afilador. Esos recuerdos eran como los ladrillos de la casa que nos habíamos esforzado en construir y que, ahora, de repente, se desmoronaba dejándonos otra vez a la intemperie. El sufrimiento no nos había enseñado nada.

No pude soportar la presencia de tu padre a mi lado, en la cama. El calor de su cuerpo me llenó de melancolía, como si ya no fuese más que rescoldo y estuviera a punto de apagarse. Me levanté y fui a sentarme en la silla que había junto a la ventana, en la que muchas tardes me sentaba para coser. Tuve la sensación de que cada una de las puntadas que había dado sentada en aquella silla sólo había servido para tejer una red que ahora me asfixiaba. Tantas horas perdidas con el único propósito de que nos salváramos.

Ahora sabía que la salvación era el calor que notaba cuando me acercaba a la cama de tu hermana, y también el silencio de tu padre viendo impasible cómo una desconocida empujaba a su mujer y a su hija. Eso era la salvación, el amor. Supe cuánto me había equivocado al pensar en él como en un objeto incapaz de dar y recibir calor. Tu padre se había mantenido solo y en silencio porque tenía miedo de perder un amor que estaba anclado en el misterio de su infancia. Y tampoco a él su esfuerzo lo había salvado de nada.

Me estuve allí sentada hasta el amanecer. Llovió durante toda la noche, y la lluvia, en aquella interminable madrugada, no me dio la impresión de que nos purificase de nada. Era como un llanto de despedida. Aquella agua que caía y que resbalaba en los vidrios de la ventana éramos nosotros mismos, nuestras ilusiones cayendo sobre la tierra y convirtiéndose en un barro del que nunca íbamos a limpiarnos. Ya no nos quedaba juventud.

Entonces naciste tú. Yo quería un hijo, aunque sin saber muy bien por qué. Tal vez, para que hubiese alguien en la familia que viera el mundo sin todo aquel barro que los últimos años nos habían echado encima; probablemente, ni siquiera por eso: sólo porque me estaba quedando vacía, porque tu hermana crecía deprisa y ya no quería venir conmigo al cine; y porque tu padre se alejaba de mí como si estuviésemos viviendo en el mar y la corriente del agua pudiera hacer con nosotros lo que quisiese y nuestra voluntad no contara para nada.

Hacía tiempo que ellos ya no vivían con nosotros. Por entonces se habían alquilado una casa elegante cerca de la plaza, con piano incluido. Iban todos los domingos a misa de doce y luego tomaban el vermut en el Casino. Tu tío formaba parte de la directiva del equipo de fútbol y asistía a los partidos desde la tribuna y ella había buscado una niñera para atender a tu prima y le había puesto una cofia. Organizaba reuniones en la casa. Recibía clases de piano, a cambio de tazas de té y lecciones de inglés que repartía entre las damas del pueblo. En Bovra se hablaba con sorna de las «reuniones de la "mis"».

José se había empleado en otro taller. Había continuado acudiendo a ver a tu tío todas las tardes, hasta que ella, en presencia de su marido, le dijo que hiciese el favor de evitar esas tertulias, que definió como «más propias de un cafetín que de una empresa seria». Paco, tu padre y él siguieron yendo al fútbol los domingos, aunque tu padre iba, cada vez más, a regañadientes, porque era en el campo de fútbol donde veía cada semana a su hermano y enfermaba de recuerdos. No soportaba divisarlo al otro lado del terreno, en la tribuna, vestido de traje y chaleco y ofreciéndole un puro a Mullor. Yo me acostumbré a no dirigirle la palabra el domingo por la noche. Ese día se acostaba sin cenar.

Creo que tu padre se ilusionó tanto con tu nacimiento porque pensaba que tú ibas a venir a cerrar las heridas. Pienso que se hizo esa idea, porque días antes del bautizo se presentó en la casa nueva de tus tíos, a la que nadie lo había invitado nunca, para pedirles que viniesen a la comida.

Se vistió de chaqueta para ir y se llevó una botella de coñac, un par de puros y una cajetilla de tabaco rubio. Hasta el último instante estuvo esperándolos. Dejó libres dos plazas al lado de la abuela María y, para que no les cupiese duda de que los estaba esperando, escribió sus nombres en unas hojas de papel que dejó apoyadas contra los vasos. Fue la última vez que vi en él el destello de una ilusión.

Enviaron a la niñera con tu prima y con una nota escrita por ella en la que se disculpaban porque «el exceso de trabajo» les impedía asistir. Tu padre arrugó furioso los papeles en la palma de su mano y tiró la pelota al fuego de la cocina económica. Se puso a dar vueltas en torno a la mesa y luego se encerró con la abuela María en tu cuarto. A ninguno de los dos les pregunté, ni me contaron el contenido de esa conversación, aunque, por encima del murmullo de los invitados que ocupaban la mesa, pude oír la voz de tu padre a través de la puerta. «Pero es que han mandado a la criada», decía. «A la criada.» Después de ese día ya no pensó nunca en la posibilidad de reconciliarse. Ni volvió a llamarlos por sus nombres. Para referirse a ellos, decía «la pareja del varieté», y subrayaba, «sí, el payaso y la artista».

Durante tres años se volcó en ti, aunque yo creo que ahora no lo hacía con esperanza ni cariño, sino con rencor. Enseguida empezó a regalarte lápices y cuadernos y, sobre todo, después del día en que lo rechazaron cuando se presentó para un ascenso en la empresa, repetía: «Este niño no va ser un burro como su padre.» Te obligaba a reconocer las letras y a veces empleaba contigo una crueldad que me hacía daño y que no podía hacerte bien. Te utilizó como instrumento de su rencor hasta que ese rencor lo infectó tanto que empezó a usarlo contra ti.

Creo que el cambio se produjo el día en que vinieron a avisarnos de que había aparecido ahorcado el cadáver del abuelo Juan en el patio de su casa. Creo que fue esa noche, durante la cena, la primera vez que le escuché decir que tu nacimiento nos había traído más desgracia que suerte. La esperanza se le había convertido en sospecha.

Se olvidó de ti. Volvía a casa muy tarde, y ahora

casi siempre borracho. A esas horas, tú ya estabas acostado y seguías acostado cuando él se marchaba. Por la noche, si llorabas o te levantabas y venías a nuestra habitación, él siempre fingió no despertarse. De vez en cuando, repetía: «El niño nos ha traído mala suerte.» Y yo le recriminaba esas palabras. Se le ponían unos ojos turbios. Dejé de decirle nada.

A mis cuarenta años me encontré como si ya no quedase más que recoger apresuradamente los equipajes. En poco tiempo murieron el abuelo Juan y la abuela María. Todo ocurría deprisa y de un modo absurdo. El día del entierro de la abuela María estuvimos rozándonos con tus tíos, en casa, y luego junto a la tumba, pero no nos dirigimos la palabra. Tampoco la tía Gloria nos habló apenas. Estuvo todo el rato al lado de ellos y salió del cementerio sin separarse, saltando de uno a otro como un perro que acompañase a sus amos. Después, por la tarde, estuvieron paseando por Misent. A la tía Gloria, en cuanto estaba al lado de su Antonio, se le olvidaba la tristeza. Le ocurría igual cuando vino aquí, a Bovra, buscando un lugar para morir que le fue negado.

Tu padre y yo pasamos lo que quedaba del día con el tío Andrés y con otros familiares. Por la noche nos volvimos en el tren. Ellos, el tío Antonio y ella, habían viajado en el automóvil de Mullor.

Esa misma noche me desperté de madrugada y descubrí que tu padre no estaba en la cama. Lo llamé, pero no respondió. Me levanté. No encendí la lámpara porque había luna llena y todo estaba mojado por una luz blanca que me permitió distinguir sobre la mesa del comedor una botella de coñac y un vaso. Imaginé que había estado bebiendo y que se habría sentado en el corral, borracho. Muchas noches lo hacía así.

En el corral, la presencia de la luna se hizo más intensa. Fosforecían los frutales y las plantas. Me abrigué con el chal. Hacía fresco y olía a madreselva. Tampoco estaba él allí. Temí que se hubiera marchado a esas horas y que hubiera podido ocurrirle algo. Por entonces ya se había caído en un par de ocasiones de la bicicleta y otra vez lo trajeron entre Paco y José con la cara llena de sangre: se había peleado con alguien en el bar, aunque nunca supe con quién ni con qué motivo.

De vuelta a mi habitación, entré en el cuarto en que dormías. Allí, a la luz de la luna, desde el pie de la cama, su sombra caía sobre ti y lo volvía todo negro.

El perfume de la madreselva. Lo percibí aquel amanecer desde mi cama, mientras pensaba que él se había ido y no volveríamos a tenerlo. No sabía, no supe hacerlo volver. Aunque cada noche sonara su llave al girar en la cerradura, y unas veces nos gritase y otras llorara en silencio, se había marchado para siempre. Lo pensaba esta mañana, porque he vuelto a notar durante toda la noche ese perfume, como un presagio; como un recuerdo. Y ha sido entonces cuando he pensado que tenía que contarte esta historia, o que tenía que contármela yo a través de ti.

Creo que aquella noche no lloré: me sentía demasiado desesperada. Esta madrugada, sin embargo, sí que he llorado al notar ese perfume, a pesar de que es ahora cuando ya no espero nada. Ni siquiera el leve calor de los rescoldos. Entonces, él se había ido, pero su sombra aún cruzaba cada día entre nosotros.

Le oía toser en el baño por las mañanas y el ruido de los grifos soltando el agua. A mí ya ni siquiera me gritaba, ni me amenazaba, ni me pedía disculpas. Me levantaba a prepararle el café y la comida de mediodía. Se tomaba el café y recogía la tartera con la comida. Pero no me dirigía la palabra: un «buenos días» delgado, que no podía unirnos.

Sólo tu hermana parecía ejercer cierta influencia sobre él. A ella le toleraba que lo desnudase y lo ayudara a meterse en la cama; o que saliera a recogerlo de madrugada al corral y le dijese que ya era tarde, que lo mejor que podía hacer era irse a dormir. Yo lo sentía meterse en la cama a mi lado, y suspirar y gemir y quejarse en sueños. En sueños sí que nos llamaba, como si también nosotros nos hubiéramos ido. Nos llamaba a su madre, a su hermana Pepita, muerta tantos años antes, a tu hermana y a mí. Al tío Antonio no volvió a nombrarlo ni en sueños.

Una noche no vino a dormir. Tu hermana y yo nos pasamos las horas en vela, esperándole. De madrugada, dejé a tu hermana encargada de cuidarte y me fui a casa de Paco. José y él lo habían visto por última vez en un bar antes de la medianoche. Recorrimos todo el pueblo al amanecer. Recuerdo aquella mañana de niebla. Bovra, los callejones estrechos y empinados, los adoquines húmedos de la plaza, los viejos letreros de las tiendas, las casas que hace años fueron derribadas. Todo ha pasado ante mí esta mañana como una pesadilla.

Paco le había pedido a su mujer que me preparase un café y, mientras recorríamos la ciudad, que fue empezando a despertarse, el café se me había convertido en una bola amarga que iba creciéndome en la boca del estómago. Media hora antes de que diera comienzo su turno en el muelle, regresamos a casa, por si hubiese vuelto. Tu hermana se había dormido en el comedor y te tenía entre sus brazos, a ti, que dormías también. No sé si es que te habías despertado tú durante la noche, o si fue ella quien te buscó para poder soportar acompañada aquellas horas de angustia.

Nos dirigimos otra vez al muelle de la estación y, en aquel momento, ya tenía la certeza de que no volvería a verlo con vida. Fueron llegando los obreros, recortándose sus siluetas lejanas en la niebla y, luego, ya con los rasgos definidos al pasar a mi lado. Él no llegó. Yo no quería llorar, para que no me viesen. Pero, de pronto, me di cuenta de que tenía la cara empapada en lágrimas que se me habían escapado sin notarlas: sólo que todo se había vuelto más borroso y ahora la niebla se me había metido dentro. Paco me pidió que volviésemos a casa.

Lo encontraron esa misma tarde, en la penumbra de un camino que lleva a la sierra. Paco había avisado a la Guardia Civil y durante todo el día lo estuvieron buscando. Apareció con la espalda hundida en el barro, como un insecto que hubiese caído boca arriba y el peso del caparazón no le hubiera dejado incorporarse. La bicicleta yacía a su lado y, sobre la bicicleta y sobre él, las manchas blancas de la nieve dibujaban figuras extrañas como signos de algo que nadie supo interpretar, pero que estuvieron allí, explícitos, para quien hubiera poseído el arte de leerlos.

A media mañana había empezado el aguanieve. En la comisura de los labios, la sangre se le había vuelto negra. Debió de contármelo José. Tal vez me he pasado la vida contándomelo yo misma. El farol balanceándose, iluminando la mancha negra de la sangre, las manchas blancas de la nieve. Aún respiraba. Se lo llevaron a Valencia, a un hospital al que llegó tres horas más tarde, delirante por la hemorragia, la fiebre y la pulmonía. Yo recorrí durante horas Bovra en busca de un automóvil que me llevase al hospital. En Bovra, por entonces, sólo había un taxi y esa noche había salido de viaje.

Sí que lo pensé. Pensé en llamar a su puerta para pedirle a ella que me llevase a Valencia en el coche de Mullor, pero me di cuenta de que no tenía derecho. Mi prisa por llegar a tiempo para verlo con vida era egoísmo, más que amor, porque su voluntad había sido la de irse. Vi las ventanas de la casa de ellos y la luz que se escapó a través de los postigos hasta el amanecer; vi el flamante coche de Mullor aparcado a la puerta de la casa, con el morro cubierto por la nieve. Así vistos, en aquella noche helada, la casa y el coche, la luz y el calor que una intuía que se escapaba de allí dentro, y el leve zumbido de la música, eran como un sueño: el envés del sueño que el cine tantas veces nos había traído.

Cuando llegué al hospital, amanecía. No quisieron que pasara a verlo hasta avanzada la mañana, y entonces me abalancé sobre la cama, cogí su mano y lo besé, pero la cabeza se me cayó entre los brazos y la mano de él apenas tenía calor. Ahora sí que era sólo un rescoldo que se me fue quedando frío, duro y lejano. Había muerto.

No tenía dinero para trasladar el cadáver a Bovra, así que lo enterramos en Valencia, en un cementerio junto al hospital, en un nicho sin lápida. Sobre el cemento, los albañiles pegaron una vieja fotografía suya en un cristal y escribieron con un punzón su nombre. Tomás Císcar. 1908-1950. Con el tiempo, le puse una lápida de mármol, en la que por cierto equivocaron las fechas y escribieron 1918 en vez de 1908, y luego, más adelante, lo traje aquí, a Bovra, al sitio en que, dentro de no mucho, iré a buscar su compañía.

Tu tío Antonio y ella me enviaron una tarjeta de pésame. Y a la tía Gloria, ¿qué iba a poder exigírsele?

He olido la madreselva durante toda la noche. La olía en sueños. Se me metía dentro su perfume y lo notaba rasgándome la memoria, como el punzón del albañil rasgó el cemento con su nombre: Tomás Císcar. A pesar de que, cuando naciste, estaba lleno de ilusión, no había querido que te pusiéramos su nombre. Te habíamos llamado Manuel. No soportaba que su historia volviera a repetirse y temía el poder de las palabras. Así resultó que él se había ido del todo. Huelo la madreselva desde lugares adonde no llega su perfume y veo las casas de Bovra que ya no existen y el nicho sin lápida. La fuerza de las ausencias.

No volví a hablar con ellos hasta que los médicos autorizaron a tu tía Gloria a abandonar el hospital, no porque estuviese curada, sino porque ya no había nada que hacer. Hablé con ella. Vino a buscarme cuando se enteró de que Gloria quería meterse en su casa. «Aprovechar la excusa de su agonía», dijo, «para pasarse meses con nosotros e intervenir en nuestras vidas.»

Vino a decirme que allí no podía quedarse; que aquella casa dependía de un negocio y que no se tenía que consentir que los clientes murmuraran que había una enferma de cáncer («¿Quién sabe si es contagioso?», dijo). Y dictaminó: «Que no crea, ni en sueños, que se nos va a meter en casa.» Me propuso pasarme una pensión mensual, a cambio de que fuera yo quien la albergase. Dijo: «Además, yo tengo a la niña.» Como si tu hermana y tú no existieseis.

Me negué a aceptar la pensión. «Dormir no cuesta nada y, gracias a Dios, para un plato más de arroz ahora no nos falta», le respondí. Y ella, en vez de ofenderse, me dio las gracias.

Los últimos meses de Gloria fueron atroces. Buscó a su hermano, sin encontrarlo. Había llegado a la estación con una maletita a cuadros, que aún recuerdo, y se había acercado a besarla a ella antes que a mí. Pero ella se limitó a poner la mejilla y a decirle: «Irás a vivir con Ana. En nuestra casa, con lo del negocio, se reciben demasiadas visitas. Hay demasiado ajetreo. Allí estarás más tranquila.» Entonces fue cuando se dio cuenta de que su hermano no había acudido a recibirla. Yo creo que, hasta ese momento, pensaba que él iba a estar esperándola en casa, con un ramo de flores o algo así.

Se le humedecieron los ojos, pero no lloró. Se le humedecieron con un líquido turbio, como bilis. Preguntó: «¿Y mi hermano?» No preguntaba que dónde estaba él. Yo creo que quería decir que si su hermano no la había defendido, no había conseguido defenderla e imponerla en el centro de la casa, como un jarrón. Ella le dijo: «Vendrás a comer con nosotros, siempre que no tengamos algún compromiso.»

Aquello duró casi un año. Las primeras semanas intentó presumir ante mí de que tenía una criada a su servicio y de que los manteles en los que comía eran de hilo. Luego, cuando ya no pudo continuar aquella comedia, se derrumbó. Se pasaba las tardes llorando, contándome que le ponían plato, vaso, cubiertos y servilletas aparte, que no la dejaban acercarse a tu prima, y que, si se presentaba algún invitado de última hora, la obligaban a comer sola en la cocina. No digo que eso la empujara a morir, porque había llegado desahuciada, pero sí que le arrebató el deseo de seguir viviendo.

Un día recogió su ropa muy temprano. Cuando me levanté, ya estaba Gloria sentada en el comedor con la maleta al lado. Me pidió: «Ana, llévame a Misent.» Volvió al hospital y, dos semanas más tarde, nos avisaron para que recogiéramos su cadáver, sus botellas, sus cartones de tabaco y su maleta de ropa. Digo de ropa porque, cuando abrimos la maleta, no había en su interior más que algunas piezas de tela y algunos vestidos, y cosas de aseo. Ningún detalle, ningún recuerdo que la atase a algo o a alguien sobre esta tierra.

Entonces fue como si Gloria y tu padre lo hubiesen llamado y él hubiera escuchado su voz. A los pocos días del entierro de Gloria, se presentó en casa de improviso. Me pidió que le preparase un refresco y se quedó en silencio, con el vaso de limón entre las manos, mirándome coser. Yo pensaba que, desde esa misma silla en que cosía, lo había visto recoger sus escasas pertenencias el día en que tu padre les pidió que se marcharan de casa.

Volvió al poco tiempo. Era verano y venía empapado en sudor. Me dijo que había estado dando un paseo por el campo, y se lavó la cara. También ese día le preparé un refresco de limón, y se quedó a comer. Venía, se sentaba en un rincón, sin hablar, y cambiaba de sitio la silla a medida que se movía la luz del sol. Un día me preguntó por José. Le dije que se estaba quedando ciego y ya no trabajaba. Dejó caer la cabeza sobre el pecho y murmuró: «Entonces, ¿ya no podrá verme?»

Empezó a venir casi a diario. Apenas se ocupaba de la empresa. Era ella quien llevaba todo el peso del trabajo, las relaciones comerciales, las cuentas. Él vagabundeaba por las calles del pueblo, venía a casa y jugaba contigo, o se quedaba sin hacer nada. Se perdía durante tardes enteras en el campo. A veces, al volver del campo, traía flores o algunas hortalizas que alguien le había dado, o que robaba. En ese caso, no era extraño que me pidiera que le preparase una ensalada con las verduras recién cogidas. La saboreaba como si ese sabor pudiera devolverle algo.

No es que hubiese cambiado para mejor, aunque a mí me gustara más así. También me daba pena. Se había encerrado: eso es todo, porque veía las dificultades que yo pasaba para salir adelante, las horas que tenía que echar en la costura para poder darte de comer y vestirte, y jamás se preocupó, ni se ofreció, ni te trajo nada. Se buscaba a sí mismo y pensaba que, aquí, en nuestra casa, era donde podía encontrarse, quizá porque había sido su último punto de referencia.

Cuando cayó enfermo, me mandó llamar y fui varias veces a verlo antes de que muriera. Estuvo muy poco tiempo en cama: un par de semanas. Se negaba a comer y a cumplir las indicaciones del médico y eran unas negativas tímidas pero tozudas. Tu tía se desesperaba, y yo misma, en las ocasiones en que estuve con él, le reñí como a un niño. Él sonreía, como si le agradase sentirse castigado, y al final me decía: «¿Pero y todo eso para qué?» No quiso que fuera nadie más a visitarlo: ninguno de los amigos de los últimos años cruzó la puerta de su habitación, a pesar de la insistencia de tu tía. Ni siquiera aceptó que fuera José, aunque me imagino que por otros motivos. Cuando se lo propuse, dijo: «Él ya no puede verme y a mí me hace daño verlo.» «Podéis hablar, daros la mano», le insistí yo. Y él ya no me respondió. Hizo como que se quedaba dormido.
  El último día me entregó una llavecita y me pidió que abriera el cajón de una rinconera de caoba que

había en la habitación. Era un cajón que contenía papeles, recortes, sobres, fotografías. Mientras yo se lo acercaba a la cama, me habló por vez primera de los viejos tiempos, y a mí me pasó por la cabeza aquella primera carta que nos envió desde la cárcel. «Qué tiempos más bonitos, cuando estábamos todos juntos y nos reíamos y no nos faltaba lo indispensable», recordé. Supe que iba a irse pronto y que, cuando se fuera, ya no me quedaría nada de aquel pasado. Sombras.

Guardaba en el cajón las cartas que le enviamos a la cárcel, el papel en el que se le comunicaba la sentencia de muerte, la orden de libertad provisional, fotografías de sus amigos de Misent y de la familia. Se incorporó en la cama y vació el cajón, volcándolo sobre la mesilla. La parte inferior había sido forrada con una hoja de papel que el tiempo había vuelto amarillenta. La separó de la madera, ayudándose con las yemas de los dedos, y le dio la vuelta para mostrarme que, del lado que había permanecido durante años oculto, estaba dibujado mi retrato.

–Te he tenido cerca, ¿verdad? –dijo. Y me lo dio.

Lo quemé esa misma noche. Y, mientras ardía, tuve la impresión de que el fuego lo reconciliaba con todos.

Sé que, la noche después del entierro de tu tío, ella te subió a la habitación en que había muerto, y te pidió perdón. «Les hice tanto daño a tus padres», te dijo. Tenía miedo de que el negocio de la muerte no le resultara rentable y, durante algún tiempo, se volvió mística, acudió a la iglesia, recibió a los curas en casa y llevó a cabo obras de caridad; de una caridad estrecha que, sin embargo, debía de parecerle meritoria, porque siempre ha pensado que la vida la estafa, no le da lo que se merece. Su caridad consistió en suavizar aún más el tono de voz y en regalar trajes viejos e inútiles y algunas monedas, todo eso perfecta y cuidadosamente anotado en sus diarios, como anota céntimo a céntimo sus gastos en libros de contabilidad.

No sé si incluyó en alguna de sus campañas de caridad las visitas que empezó a hacerme por entonces. El hecho de venir debía de parecerle suficiente y no se sentía obligada a más, porque si yo le decía que, aunque me costase un sacrificio, quería que tú continuases el bachiller superior y que luego hicieras una carrera, ella me respondía que para qué ese sacrificio si, con catorce años, un peón de albañil podía traerme un buen sueldo a casa.

Quizá también yo había empezado a poner en ti el rencor tozudo que puso tu padre, y me dejaba aplastar por el orgullo. Conseguí que pudieras salir de Bovra, que estudiases, y empecé a perderte. Durante las vacaciones te presentabas en casa con amigos que nos parecían lejanos, aunque ya el paso de los años nos hubiera igualado un poco a todos y los malos tiempos se hubiesen quedado en el recuerdo. A veces te veía escribir y, a mi pesar, recordaba aquellos cuadernos de ella. Pensaba: «La buena letra es el disfraz de las mentiras.» Las palabras dulces. Ella había tenido razón. Al margen de su camino sólo quedaba lo que en sus cuadernos llamaba «mezquindad» y «estúpida falta de ambición».

Lo pensaba anoche, después de que os marchaseis tu mujer y tú. Estuve pensándolo mientras olía el perfume de la madreselva y se me amontonaban las historias en la cabeza. El olor me trajo el recuerdo de la sombra herida de tu padre cayendo sobre tu sueño infantil y aquellos signos que la nieve y la sangre trazaron sobre su cuerpo agonizante y que nadie supo leer.

Pensaba que él está cada vez más lejos y que la muerte no va a juntarnos, sino que será la separación definitiva, porque, cuando también yo me haya ido, las sombras se borrarán un poco más y el viejo sufrimiento habrá sido aún más inútil.

La idea de ese sufrimiento inútil se me metió dentro en el momento en que tu mujer y tú cerrasteis la puerta de la calle y oí el motor del automóvil al arrancar. Y no es que quisiera negaros la razón. Al fin y al cabo, qué hago yo aquí, sola, en esta casa llena de goteras, con habitaciones que nada más abro para limpiar, y poblada de recuerdos que me persiguen (según vosotros), aunque yo sepa que también me identifican.

    La semana pasada vino tu prima, ayer vinisteis tu mujer y tú, hoy se ha presentado ella. Tu prima trajo un ramo de rosas y me besó, encantadora. Fue la primera en proponerme lo que volvisteis a pedirme ayer: que deje la casa. Vosotros os encargaréis de levantar en su lugar un edificio de viviendas en el que tendré un piso cómodo y moderno, además de unas rentas. «Le quedará un buen pellizco, tía», me dijo tu prima, «y es que es una pena que esté tan desaprovechado ese solar.» Me dolió que hablase de mi casa como de un solar.

Vosotros volvisteis a repetirme ayer poco más o menos las mismas palabras, lo que me dio pie a pensar que lleváis bastante tiempo discutiendo el proyecto a mis espaldas. A tu prima le dije que no, ya sé que contra toda lógica. «Cuando yo muera, podréis hacer lo que queráis, pero no antes», le dije. E insistí: «No vais a tener que esperar mucho tiempo.»

Ella tuvo que contároslo. Por eso, ayer, cuando os vi entrar, no pensé en ningún momento que vinieseis a hablarme de algo que ya sabíais lo que me parecía. «Pero si es por usted, tía, por su tranquilidad», me había dicho tu prima. Y ayer volvisteis a repetírmelo tu mujer y tú. «Mamá, si es por tu bien», dijiste. Aún no sé cómo conseguí no echarme a llorar ni echaros de casa.

Sólo ella, tu tía, se ha abstenido de hablarme del proyecto, no sé si por la prudencia que contagian los años, o más bien porque vive tan ajena a vuestros planes como yo misma vivía hasta el otro día. Esta vez, de repente, me ha parecido que estoy más cerca de ella que de ti, y esa sospecha me ha hecho daño y me he esforzado por rechazarla.

Durante toda la noche anterior me acordaba de que tu padre me contó en cierta ocasión que los marineros se niegan a aprender a nadar porque así, en caso de naufragio, se ahogan enseguida y no tienen tiempo de sufrir. No conseguía dormirme. Estuve dando vueltas en la cama hasta el amanecer. No podía evitar que me diesen envidia los que se fueron al principio, los que no tuvieron tiempo de ver cuál iba a ser el destino de todos nosotros. Porque yo he resistido, me he cansado en la lucha, y he llegado a saber que tanto esfuerzo no ha servido para nada. Ahora, espero.

*Valverde de Burguillos,
mayo, 1990-Denia, agosto, 1991*

Los disparos del cazador

Llamo a Ramón, mi criado, y le pido que me ayude a salir, y me abrazo a él, que me envuelve en una toalla y me habla en voz baja, repitiendo muchas veces las mismas palabras como si quisiera hipnotizarme. Las gotas de agua se quedan en el mármol del suelo, junto a la bañera, como restos de una belleza destruida.

Antes, cuando mi hijo traía a Roberto para que pasara con nosotros las tardes de domingo, encontraba en sus ojos infantiles destellos de esa belleza. Pensaba que dentro de él crecían los colores que luego habrían de perseguirlo para siempre. Mi propia mirada descubría las fuentes en las que bebía: el sol dibujando una telaraña en el jardín, el libro de los animales, las colecciones de cromos, la caja de metal en la que Eva guardaba golosinas que extraía con su mano deforme por la artrosis pero que a Roberto le parecía la de un mago, el cajón de las viejas fotografías. A veces, cuando lo sentía extasiado en mis brazos, deseaba su felicidad, su muerte.

Ramón me coge del brazo y me conduce a lo largo del pasillo desde el salón donde he permanecido oyendo la radio hasta mi cuarto. Se pone del lado derecho. Siempre es así. Avanzamos juntos por el pasillo, él flanqueándome el lado derecho. Sin saberlo, me evita contemplar, con el bulto de su cuerpo, el retrato de Eva con el collar de platino que le traje de Niza, y el cuadro de un húngaro llamado Czóbel que representa una esquina de la calle Vavin, y que adquirí en París hace una veintena de años, o no, bastantes más, porque Manuel aún estaba estudiando por entonces en el colegio de Rouen. Agradezco el cuerpo de Ramón ocultándome las dos imágenes de una memoria que no deseo. Mi rostro hundido en el cuello de Eva y en la lengua el sabor metálico del collar.

Cuando Eva murió, despedí a la cocinera, y tampoco vino más la muchacha que hacía la limpieza. No quise que ninguna mujer volviera a pisar la casa, no por susceptibilidad, ni porque me pareciese que cualquier mujer usurpaba el puesto de Eva, la sustituía, sino porque tenía conciencia de que entraba en la etapa de mi vejez, y un viejo toma actitudes, ofrece imágenes de sí mismo, de su propio cuerpo, que lo humillan ante cualquier mujer que no participe de cierta fascinación por él, que no haya sido seducida. Me pareció más conveniente buscar la presencia de un criado, la compañía varonil, e incluso la fuerza física que puede serme necesaria en momentos que, aunque indeseables, no descarto que en un futuro hayan de llegarme.

Ramón me ayuda a desnudarme, ha colaborado

en desagradables tareas de enfermero cumpliendo instrucciones del médico; cargó con mi cuerpo y me acompañó durante los meses que duró mi recuperación de una rotura de cadera que me ha dejado la secuela de un trombo cuyo recorrido vigilan periódicamente los médicos y que para mí es como la firma al pie de ese certificado que todos recibimos al nacer y que se llama muerte. Ramón se ha convertido en mi mano derecha, o mejor sería decir en mis dos manos. Recoge el correo, hace la compra, cocina con mejor tino que cualquier mujer, mantiene limpia la vivienda, cambia las flores del jarrón que hay sobre el tocador de mi dormitorio, cuida del jardín –sólo periódicamente ayudado por algún jardinero provisional– y me sirve de chófer en las escasas ocasiones en que aún deseo volver a la casa de Misent.

Soporto mal la casa de Misent. La construí en el momento en que mi relación con Eva vislumbraba su mejor horizonte. Fue la caja que guardó la infancia de la pobre Julia, su instante de belleza y de bondad: las carreras por el jardín, las risas en la playa, las imágenes felices detenidas en viejas fotografías que aún me encuentro cuando registro los cajones buscando ordenar de otro modo las cosas, cambiarles en mi cabeza el curso que siguieron, reconstruirlas poniendo en pie de otro modo los montones de escombros a que todo ha quedado reducido.

Ya no está sola junto al mar. Ya no tiene el aura que le concedía la soledad de aquella costa pedregosa y atormentada en la que el fragor de los temporales lo llena todo, con su ruido de agua y viento, y el de los cantos que se arrastran en la orilla, y que fue para mí el símbolo de mi propia fuerza, de la fuerza de mi propia historia, hecha con la constancia de la voluntad, del cuidado, de las obligaciones aceptadas y cumplidas.

La casa nació para guardar una historia.

Fue diseñada pared a pared, ventana a ventana, con vocación de albergue para la familia que mis principios me habían llevado a fundar. Hoy permanece cerrada y, además, ha sido trivializada por la presencia en sus cercanías de decenas de otras construcciones, la mayoría de ellas carentes de toda voluntad de grandeza: simples apeaderos en los que cada verano se refugian los turistas ocasionales.

El espejo de la casa de Misent me devuelve la imagen de Eva cuidándose las manos. Es una imagen más íntima, que acompaña el rumor de las confidencias, de la apacible conversación. También la de otra Eva suntuosa, mientras se pone las joyas antes de una fiesta, de una salida nocturna. Es el espectáculo de toda su belleza. Es su cuello hermoso emergiendo del escote, el complicado dibujo de su peinado, el irresistible brillo de sus hombros, y mi cabeza que se hunde allí, en el ángulo del cuello con el hombro, desordenando su armonía, y mi boca que siente el suave calor de su piel y, sobre la lengua, el frío del collar de platino. Son instantes que están dentro del espejo y que surgen cuando lo miro.

Sólo un constructor, o un arquitecto que además me conociera perfectamente, conociera la historia de mis primeros años con Eva (es decir, sólo Ort), podría descubrir los matices, las sutilezas que encierran tanto la fábrica de la casa de Misent como su mobiliario. En ella busqué, sin traicionar el carácter mediterráneo, un equilibrio de luces y sombras, de espacios abiertos e intimidad, un envoltorio suave y perfecto para mi familia.

No era un chalet en la costa. ¿Quién emplea caoba y palosanto, mármol y pickman en un chalet de la costa? Era la gran casa familiar que seguiría siendo un refugio aun después de que la familia hubiese crecido e incluso se hubiera dispersado, el punto de referencia que le permite a uno no perderse nunca en la vida, la aguja del compás. Ahora permanece cerrada, con los muebles cubiertos por fundas y el jardín abandonado. Y nosotros nos hemos perdido, tal vez como pago de mi orgullosa ambición de orden. Él dispone y entre sus disposiciones está la de ponernos a prueba, la de tensar el arco de nuestras vidas para descubrir su resistencia.

Intento seguir poniendo orden en mis días. Ramón viene temprano a despertarme y me ayuda a lavarme y vestirme. No sé cómo se las arregla para, al mismo tiempo, preparar el desayuno y tenerlo a punto en el salón, junto a la ventana que da sobre el jardín. Es el mejor momento del día, ese frágil sol de invierno madrileño cayendo sobre la mesa y regando las ramas secas de los árboles parece llamarme y me lleva a salir a dar un paseo y a permanecer luego largo rato en un banco mientras Ramón me lee el periódico. Si durante la lectura cierro los ojos, puedo llegar a tener la impresión de que he regresado a la costa y ellos aún están: que Julia y Manuel se han ido al colegio y Eva ha salido de compras y Josefa, la cocinera, ha empezado a preparar la comida. Dentro de un rato volverán todos y se sentarán en torno a la mesa. Entonces le ordeno a Ramón que se calle, que interrumpa la lectura, y me quedo en ese silencio lleno de recuerdos.

Los recuerdos tenían que ser como lecciones de

un oficio que nos sirvieran sólo para hacer las cosas de cada día: algo técnico pero carente de cualquier densidad, de cualquier emoción. ¿Qué otra utilidad sino la del sufrimiento tiene la emoción de los recuerdos si nada de cuanto nos transmiten ha de volver? Intento imaginarme cómo sería él silencio de las noches en mi habitación si no hubiera recuerdos, sólo oscuridad, o la luz eléctrica alumbrando callada los objetos, desnudos de cualquier significado que no fuera su uso.

Algunos días le pido a Ramón que me lleve a comer fuera. Elijo entre los tres o cuatro restaurantes de siempre, o bien busco en la guía alguno nuevo y especialmente recomendado, y disfruto del ritual de la salida; de los gestos de Ramón ofreciéndome la bufanda, el abrigo, el sombrero, y del paseo a través de una ciudad que se me ha vuelto extraña pero cuyo ajetreo aún conserva para mí la seducción de lo cambiante y vivo. No es raro que el paseo nos lleve a cruzar ante la puerta de alguno de los locales que frecuenté hace muchos años y, a veces, hasta le pido a Ramón que se detenga y entro a tomarme un café, o un vermut, depende de cuál sea el momento del día, y a pesar de que hace años que dejé el tabaco, me fumo un cigarrillo. También con esos gestos me parece que recupero destellos de algo perdido.

Es curioso, pero el vermut del mediodía sigue trayéndome la nostalgia de la vida social, sin duda empujada por el recuerdo de las mañanas de domingo, cuando la misa terminaba en un paseo familiar y en el vermut con los amigos; por entonces, también era habitual concluir la jornada en la oficina, la visita a la obra, o iniciar una comida de negocios, con el vermut. Apenas ahora soy capaz de entender la vida fuera de esa actividad social. Para mí, la soledad siempre tuvo algo de sospechoso, e incluso la religión me parecía inimaginable sin su componente familiar y social. En él encontraba la plenitud: la misa del domingo, las bodas, bautizos, comuniones y entierros eran expresiones, tristes o gozosas, de ese carácter comunitario.

Me parecían sospechosos los amigos solteros y solitarios, como sujetos a secretas amarguras o inclinaciones. Y hoy esa desconfianza recae sobre mí mismo y me lleva a auscultar continuamente la evolución de mis sentimientos, y a veces siento miedo de que, en mi decadencia, aún pueda llegar a conocer aspectos indeseables de mi psicología. Del mismo modo que los esfínteres del cuerpo, es probable que la vejez debilite también las válvulas del alma, sobre todo cuando se rompe el vínculo del matrimonio, que sirve de sostén y freno. Como en el soltero, también en el viudo creo que anida un germen de sentimiento sin control, a la deriva.

Quizás por ese motivo no acabo de aceptar que la palabra viudo me define. Además, tiene algo de siniestro. Siempre me parecieron pregoneros de la desgracia, aves de mal agüero, esos hombres vestidos con pantalón y camisa negros, o con un botón o un retal negros en el cuello de la camisa blanca, que tanto se veían en España años atrás. Con frecuencia –sobre todo en el campo–, se trataba de tipos jóvenes y robustos, de saludable aspecto, y sin embargo flotaba en torno a ellos un aura de culpa: el presentimiento de un veneno que se había transmitido a su mujer como una mordedura. Claro que ese presentimiento se dejaba ver en los casos en que la mujer había fallecido joven, y aún más si era hermosa. No es el mío: Eva murió hace apenas una decena de años y, además, pudo ser víctima de otro veneno, cuya composición habría que preguntarle más bien al doctor Beltrán.

Releo la última frase que acabo de escribir y pienso que acabaré tachándola. No está a la altura de mis sentimientos, ni corresponde al propósito de este cuaderno, en el que no quiero que asome el menor resquicio de rencor sino todo lo contrario, una profunda misericordia, la misma que solicito a Dios que deje caer sobre mis debilidades, que no han sido pocas, aunque pienso que siempre han estado amparadas por la discreción y que jamás se han convertido en motivo de escándalo para nadie. Es algo que puedo anotar con orgullo a mi favor y que me sirve de consuelo en estos tiempos de confusión en los que el escándalo más bien parece haberse convertido en virtud.

Ni siquiera Eva llegó a sospechar mis debilidades. Nunca me permití ante ella un desfallecimiento o una quiebra en mi dignidad: ofrecí en todo momento la imagen de una presencia estable, fuerte, en la que los demás podían encontrar apoyo sin un resquicio de duda. Si algún acto cometí discutible, fue la mayor parte de las veces guiado por el natural afán de beneficio de quien quería asegurar el futuro de su familia, y a Eva no le llegaron ni los ecos más remotos de esas actividades; su moral jamás quedó enturbiada por nada que procediese de mí. Me esforcé por mantenerla inocente como un ángel, limpia como un espejo sin empañar, y ni siquiera la hice partícipe de algunas pasiones que anidaban dentro de mí y que me pareció indigno compartir con ella. Preferí satisfacerlas fuera de casa, siempre con las debidas precauciones de higiene y seguridad.

Portales solitarios, escaleras vacías, apartamentos en penumbra. El recuerdo de mis relaciones fuera del matrimonio me llega silencioso, como los pasos sobre una alfombra mullida. El crujido de la llave en el agujero de la cerradura. Eran sólo aventuras apartadas de la vida cotidiana y que jamás pusieron en peligro la estabilidad de la familia, y si bien es cierto que busqué que se prolongaran, hasta el punto de que algunas —las que mantuve con Elena y con Isabel— duraron años, fue porque preferí la seguridad de lo conocido a la incertidumbre de las aventuras encontradas en bares dudosos o en noches en las que el alcohol te lleva a perder la cabeza. El deseo o el cariño que en esos casos acabó naciendo, fueron sentimientos secundarios frente a lo que de verdad buscaba: la discreta satisfacción de pasiones que estaban dentro de mí.

Nadie que no debiera tuvo acceso al teléfono de la oficina, y menos aún al de la casa. Y si la natural convivencia con Elena e Isabel me llevó a tener que financiar apartamentos y a obsequiarlas con regalos o con pequeñas entregas de dinero en efectivo para subvenir a sus necesidades o caprichos, es bien cierto que jamás supusieron un peso en mi economía.

Y no porque me comportase de manera poco honesta con ellas, ya que nunca les oculté mi propósito, ni mucho menos mi situación de padre de familia que quería con amor auténtico a mi mujer y a mis hijos. Tampoco dejé de manifestarles con claridad lo que exigía: esa entrega incondicional en el lecho que se busca en las amantes y que mi propia actitud compensó. No tengo por qué ocultar que gozaron entre mis brazos, que fui capaz de desatar su pasión y de cumplir el deseo que en ellas encendí. Mi carácter y también mi orgullo me impedían abandonarlas sin la certeza de su satisfacción en cada encuentro.

Sólo en contadas ocasiones las veía fuera de nuestros lugares de cita habituales, y en esas ocasiones la sensatez y el cálculo jugaron su papel. Isabel sobre todo y también Elena me acompañaron en numerosos viajes, la mayoría de ellos fuera de España, a lugares donde resultaba prácticamente imposible tropezar con algún conocido. Viajes de negocios en los que ellas aguardaban en la habitación del hotel el final de mis reuniones, hojeando revistas de modas o viendo la televisión. En los ratos libres practicábamos un poco de turismo y a veces prolongábamos la estancia durante un par de días más. Con Elena viajé a México y Buenos Aires. Isabel me acompañó con frecuencia en viajes cortos, pero también estuvimos juntos en Nueva York, Londres o Milán. Con las dos pasé breves temporadas en París, aunque a París, durante algunos años, venía Eva, que rompió sus hábitos sedentarios para acercarse de compras a Francia, aprovechando para visitar a Manuel, que estudió en Burdeos y Rouen.

De un modo que reconozco mezquino, me consideré afortunado porque Eva odiaba los viajes: era como si también con ese pequeño detalle el destino favoreciese la estabilidad emocional que yo buscaba, y me permitiera alternar los apacibles momentos de intimidad familiar con pequeñas aventuras cosmopolitas, ya que no siempre me dejé acompañar en los viajes por mis amantes madrileñas, sino que con frecuencia busqué compañía en el propio lugar al que los negocios me habían llevado. Y resulta curioso, pero puedo asegurar que si, en un par de ocasiones, estuvo a punto de triunfar en mi vida la pasión sobre el sentido común, fue con alguna de esas mujeres que de entrada sabía que eran pasajeras, y que irremediablemente tenían que desaparecer de mi vida horas más tarde. Esa sensación de inminente pérdida me perturbó, llenándome de amargura.

En todos los casos, el traslado en taxi hasta el aeropuerto, los trámites de embarque y el viaje en avión fueron convirtiendo en una niebla cada vez más tenue el recuerdo de aquellos seres que me habían cegado, aunque luego, durante temporadas más o menos largas, los cuerpos y gestos de esas mujeres que había perdido se superpusieran, durante el acto del amor, a los de mi esposa y amantes de Madrid, renovando mis deseos y mi tristeza.

Aún hoy me alcanzan jirones de esa pasión, sobre todo en la hora triste que es siempre para mí el atardecer. Los días en que siento esa nostalgia, le pido a Ramón que me arregle la vieja habitación de matrimonio que normalmente permanece cerrada desde que Eva falleció. No sé si Ramón sospecha las razones de esa periódica alteración en mis costumbres. Registro en los cajones cerrados de los que guardo celosamente las llaves y me dejo llevar por mis instintos —la media luz, la penumbra de las cortinas tapando la ventana a la noche—, hasta que la imagen de mi cuerpo reflejada en el espejo me devuelve la sospecha de la fluidez de mis sentimientos y la certeza de la degradación de la carne.

Ya no soy fuerte. Soy simplemente obeso y mi vientre es blanco como el de un recién nacido. Temo que Ramón sospeche esas desoladoras ceremonias, e incluso las espíe, porque, a veces, a la mañana siguiente, me parece más callado y huidizo. Al recoger la habitación tiene que encontrarse con las huellas de mi dudosa energía en las ropas de la cama.

La sospecha del hombre solitario, del viudo. Al igual que yo, Ramón es un hombre solitario y ni siquiera abandona la casa los días que tiene asignados para su descanso. Se queda durante toda la tarde en su habitación y, por la noche, me llama a la hora de la cena y luego me ayuda a bañarme y acostarme. Poco sé de su familia, y nada de sus actuales relaciones, si es que las tiene. Vagas referencias a su pasado campesino, alguna llamada telefónica de alguien que, al parecer, es su sobrino y, ciertos jueves, breves salidas, a la vuelta de las cuales no me brinda la menor explicación. Sin embargo, ni por presencia ni por edad puede decirse que Ramón sea viejo o enfermizo. Debe de rondar los cuarenta años, aunque aparenta bastantes menos, con su cuerpo robusto: un magnífico ejemplar humano cuyos rasgos viriles acentúa la poderosa barba.

Cuando regresa de esas escapadas, involuntariamente busco en él la huella de impulsos satisfechos, muestras de fatiga o rastros de algún perfume nuevo. En ninguna ocasión he podido descubrir nada que alivie mi curiosidad, o, mejor aún, que la sacie. Me pregunto si no seré yo quien lo espía a él, en vez de ser él quien me espía.

En tal caso, la curiosidad constituiría uno de los nuevos vicios que la vejez ha desarrollado en mí. No espié ni a mi mujer, ni a mis hijos, ni por supuesto al servicio en ningún momento de la larga etapa en que viví en familia. Ordenaba sus vidas, eso sí, y daba por supuesto que poseía autoridad suficiente como para que ese orden que yo imponía nadie fuera capaz de conculcarlo, porque era el orden que exigían los hechos, su razón.

Nadie —ni siquiera mis amantes— me acusó nunca de celoso o vigilante. Acepté sin sospechas que Eva no me acompañase en los viajes. Mis hijos se limitaron durante años a entregarme los boletines de estudio con las notas, y a justificar las razones las veces que no fueron satisfactorias. Yo me limitaba a vigilar algo en apariencia más prosaico pero que constituía el verdadero corazón de la estabilidad en que vivíamos.

Vigilaba celosamente las cuentas bancarias, los albaranes, el cumplimiento de pagos y cobros de facturas, los planos, los materiales, el trabajo de capataces y arquitectos y los plazos en las entregas de las obras. Siempre he pensado que el matrimonio supone un reparto de funciones, un contrato mediante el cual cada parte asume unas responsabilidades, ha de atenerse rigurosamente a unas reglas, y yo me atuve a las mías y creí con fe ciega que los demás se atenían a las suyas.

En mis cada vez más espaciados viajes a Misent, aún me siento en la butaca de cuero que fue mi preferida y le pido a Ramón que levante las persianas y me lleno de recuerdos que busco que sean objetos perfectos, cristales exentos de la densidad envolvente de la memoria. Y me pregunto por qué no puede haber recuerdos sin memoria.

Eva bailaba muy bien. «Me da la vida. El baile me da la vida», me decía, mientras la llevaba cogida de los hombros, de la cintura o de la mano, hacia la pista. Tenía una rara facultad para desaparecer y al mismo tiempo envolverte. Se derrumbaba sobre mí, dejaba caer la cabeza sobre mi hombro y, sin embargo, yo no notaba su peso. Ella estaba en torno a ti como un bienestar.

Incluso en los tres primeros años que vivimos en Madrid, y a pesar de las dificultades, encontrábamos suficiente humor y dinero para ir al baile. Claro que por entonces aún no habían nacido los niños y cogíamos el tranvía los domingos por la tarde y bajábamos a las terrazas que instalaban cerca del Manzanares, donde acudían a bailar los obreros. En aquel ambiente, el estilo de Eva, su elegancia, la hacían brillar como una diosa. Sólo más tarde empezamos a frecuentar Copacabana, Pasapoga o Casablanca, sitios a los que continuamos yendo, ya casi a escondidas, años después, cuando lo que se había convertido en habitual entre los componentes de nuestro círculo era visitar las casas de los amigos, y habilitar el salón para bailar, o salir al jardín.

Fueron los años del bolero, de Agustín Lara y de Machín, y emborrachábamos nuestro amor girando abrazados en la pista y sintiendo nuestras dos caras muy cerca. Los cabellos de Eva acariciaban mi mejilla y eran las puntas más delicadas de sus dedos, su forma más exquisita de tocar. Nunca se bailó tanto en Madrid, ni se tomó tanto coñac francés como durante aquellos años.

Llegábamos de fuera dispuestos a conquistar una ciudad en la que resultaba fácil conseguir lo imposible. Bastaba un contacto, una puerta (a veces, sólo una ventana) por la que entrar en ese mundo de negocios veloces en el que todo se vendía y se compraba con avidez: el güisqui, el champán, la penicilina, el cemento, la morfina, el caviar, la seda con diseños de París. A nosotros nos bastaron un par de direcciones de proveedores con quienes nos puso en contacto Manolo, el hermano de Eva, antes de salir de Misent, y nuestras enormes ganas de trabajar y vivir.

Luego estaba el estilo de Eva, su elegancia, que la hacía destacar entre toda la multitud de advenedizos que habían tomado al asalto la ciudad. Porque a ella le gustaban los boleros, pero podía hablar de Mozart, pronunciar divinamente el francés, elegir unos zapatos baratos con idéntico diseño que unos de marca, lucir con estilo las joyas que había conseguido sacar de su casa, y renovarse el vestuario con gusto, confeccionándose ella misma las prendas con la máquina de coser de la pensión, una vez que se le pasaron de moda los vestidos que había traído de Misent. Incluso tuvo el arte de conseguir que en los primeros tiempos nuestras relaciones no avanzaran en su intimidad más allá de la frontera deseada, y siempre –pareciendo que lo daba todo– consiguió ocultar nuestra dirección. Cada vez que sonaba el teléfono en el pasillo de la pensión, se encargaba de cogerlo personalmente, para evitar que cualquier indiscreción pudiese poner en peligro el círculo de sombra e intimidad que manteníamos en torno a nosotros.

Dicen que los últimos diez años han sido los que han visto nacer las más rápidas fortunas de la historia de nuestro país. No creo que sea cierto. Por entonces, Madrid era un inmenso descampado sobre el que se iban levantando pilares y andamios, y había que conseguirlo todo porque no se tenía nada. Recuerdo que, a las pocas semanas de nuestra llegada, cuando vivíamos los peores momentos y teníamos que luchar para no caer en la desesperación, Jaime Ort, uno de los contactos que me había proporcionado el hermano de Eva, y a quien acompañaba en un paseo, me llevó más arriba de Cuatro Caminos, y me indicó con el índice aquel paisaje desolado de hierbas quemadas por el invierno y desmontes.

«¿Qué ves?», me preguntó. Y yo le respondí que veía un campo mísero que me hacía añorar la dulzura mediterránea de nuestra tierra. Se echó a reír. «No eres muy largo de vista, Carlos.» Le dije que si lo que me pedía era una enumeración, veía barbechos, unas chabolas protegidas por los desniveles del terreno, niños que escarbaban en los vertederos y algunos perros. Ahora, su risa se había convertido en una sonora carcajada. «Ten cuidado, no sea que los perros no te dejen ver el oro», me interrumpió mientras me palmeaba la espalda sin dejar de reírse, «porque todo esto, todo lo que abarca tu mirada, esta enorme extensión de tierra miserable, hasta aquellas montañas, no es más que un inmenso solar que está esperando que alguien tenga la cortesía de edificarlo.» Y, dándose la vuelta y poniéndose de cara a la ciudad, añadió: «Y ahí está el mercado.» Era una invitación para asociarme con él, que yo acepté. Y esa misma tarde iniciamos nuestros negocios juntos.

Por el momento, él había empezado a vender en el mercado otras cosas. A veces oigo decir que los cimientos de buena parte de las empresas españolas, sobre todo de las constructoras, se pusieron aquellos años con penicilina, con morfina o con no sé qué que llegaba de estraperlo. Puedo decir que disiento de quienes hablan así: se pusieron sobre todo con esfuerzo, con trabajo e imaginación. Y, al hablar de ese modo, pienso en Jaime Ort y en su oficina, por la que pasó de todo, en la que se cambió, compró o vendió de todo, pero, si eso fue posible, era porque detrás estaba nuestra voluntad. Y si hicimos algo que hoy puede parecer poco honesto, fue porque teníamos que salir adelante nosotros, y también un país que emergía de menos que la nada, y eso exigía con demasiada frecuencia una cierta dureza.

No eran tiempos para señoritas, aunque uno las

veía crecer alrededor en una soberbia cosecha. No puedo decir –como he dicho del baile y el champán– que nunca en Madrid hubo tantas mujeres como entonces, pero lo cierto es que daba esa impresión. A quienes aseguran que aquéllos fueron años de beatería e intolerancia me gustaría que hubiesen tenido la oportunidad de salir de paseo por la noche de aquel Madrid de la mano de Jaime Ort. La ciudad era una crisálida que estallaba en ciertos lugares en los que abrían las alas de su seducción millares de deslumbrantes mariposas. Revoloteaban alrededor de ti en todos los lugares donde se movía el dinero. Florecían en apartamentos, en casas de citas, asomaban sus uñas esmaltadas por encima de las barras de los bares americanos, sus dedos largos envueltos en humo, te miraban con ojos de fuego desde la pista de baile o desde detrás de un piano cuyas notas respiraban nostalgia de no se sabe qué.

Con Jaime Ort frecuenté Chicote y O'Clok, La Villa Rosa y Pidoux. Él me enseñó a mirar y reconocer entre las luces de neón, y también, que no hay más centro del mundo que uno mismo. No digo que no bebiésemos de la ciudad que se nos ofrecía en una copa cegadora, pero jamás perdimos de vista que, si frecuentábamos esos lugares, era porque allí se llevaban a cabo buena parte de nuestros negocios, y allí estaban nuestros clientes, nuestros acreedores, nuestros posibles socios y nuestros competidores. Ahora veíamos de cerca el mercado que él me señaló a distancia una tarde en los alrededores de Cuatro Caminos.

«Ganamos dinero para nosotros, no para dejárselo en el camino a los demás, y lo gastamos únicamente para poder seguir ganándolo», me decía. Era una forma de ver el mundo que caía sobre mí como la lluvia cae sobre un campo abonado. A lo mejor porque sólo alguien que viene desde abajo y que busca su posición puede entenderla como yo la entendí. Ahora pienso que si no logré inculcársela a mi mujer y a mis hijos, no fue por incapacidad mía, sino porque ellos (ni siquiera Eva en los primeros tiempos de Madrid) nunca tuvieron la conciencia de estar abajo.

Y cuando pienso así, me explico la amargura que me invade a veces, la certeza de que Eva les transmitió a mis hijos una despreocupación heredada de la que yo nunca he podido participar y que me ha alejado de ellos. Después de tres años de pelea incesante, a fines de 1948, compré el terreno de la casa de la Fuente del Berro, esta en la que ahora vivo y escribo, y, pasados unos meses, inicié su construcción, aunque pensaba todavía que mi estancia en Madrid iba a ser una etapa provisional antes del regreso definitivo a Misent.

Dos años más tarde, Ort y yo habíamos abandonado todos los negocios dudosos, la nueva casa había sido amueblada y Eva había contratado a nuestra primera cocinera. Cuando nació Manuel, todo estaba a punto, porque, como repetía Eva con gracia, «no hubiera sido correcto que llegase el pajarito antes de que estuviese hecho el nido».

Durante los meses que siguieron, cogíamos al niño en brazos, y bailábamos así, los tres juntos, en el salón de casa, los boleros que Eva ponía en la gramola, aunque, para entonces, yo había pasado un par de días con Elena en un chalet de la sierra y el doctor Beltrán se había convertido en nuestro médico de cabecera, y nos regalaba placas de música clásica que él conseguía que le trajeran del extranjero.

(7 de agosto de 1992. ¿Por qué no fechar las anotaciones en este cuaderno y convertirlo, al tiempo, en una especie de diario?)[1] De nuevo, esta tarde la ciudad vive aprisionada por el bochorno. Desde hace unos días se repiten el calor asfixiante y unas tormentas que llegan cargadas de gran aparato eléctrico.

Desde el sillón de mimbre en el que dormitaba he visto pasar una bandada de palomas. Luego ha empezado a llover. He pensado que también los animales participaban de una desazón semejante a la que yo sentía, como si la cabeza fuera a estallarme. El uni-

---

1. ¿Para qué he empezado a escribir?, ¿para quién? Quizá sólo para responder a unos papeles de Manuel que encontré el otro día mientras registraba en la habitación que ocupó años atrás, después de su divorcio, en los días en que Eva se moría en el hospital, y cuya lectura me llenó de tristeza. Escribió esas páginas y luego las olvidó sin pensar en el daño que podía causarme. Hasta en eso se parece a su madre: sus descuidos son una forma de desconsideración hacia los demás, de superioridad.

verso forma una unidad y los seres que lo habitamos participamos misteriosamente de sus estados de ánimo, de su energía. Ramón y yo.

La tormenta ha perturbado durante un instante nuestro equilibrio. Buscaba yo la caja en la que guarda Ramón mis tranquilizantes, y no he sido capaz de encontrarla. Tal vez influida mi sensibilidad por la desazón que parecía presidir la tarde entera, la búsqueda de esa caja ha ido levantando ante mí una imagen de la vejez que me ha desagradado profundamente, o que, por decirlo sin circunloquios, me ha asustado.

Ya digo que probablemente ha influido el bochorno, pero lo cierto es que, mientras procedía a la búsqueda infructuosa, he ido excitándome, he empezado a notar que me temblaba todo el cuerpo y, al final, me he descubierto, sudoroso y lleno de rabia, de rodillas ante uno de los muebles del cuarto de baño. Al verme así, reflejado en el espejo, me he incorporado presa de enorme angustia y he pulsado el timbre que me comunica con Ramón y que, instalado en los lugares estratégicos de la casa, suena en la cocina, el cuarto de plancha, el jardín y la buhardilla.

Generalmente, en cuanto hago sonar ese timbre, Ramón aparece de inmediato y, sin embargo, como si la perturbación atmosférica tuviese que influir también en el acuerdo doméstico que nos une, hoy no se ha presentado. Hasta tal punto parecían caer en el vacío mis insistentes llamadas, que he llegado al pie de la escalera que conduce a la buhardilla, y desde allí las he repetido, esta vez de viva voz, sin obtener tampoco respuesta. La alarma se ha apoderado de mí y he dudado en si debía subir yo mismo a la buhardilla, pero al levantar la vista me ha vencido el desánimo.

No es que me venciese el desánimo de la pereza. Al fin y al cabo, subir todos aquellos peldaños podía haberme servido como ejercicio de relajación ahora que ya se precipitaba sobre la ciudad una tromba de agua que, al golpear sobre las hojas de los árboles del jardín y en los vidrios de las ventanas, me proporcionaba el deseado sedante. No, no era ese tipo de cansancio, sino otro lejano que me llegaba desde los días en que discutía con el arquitecto los planos mientras se iniciaba la construcción de la casa. De repente, me ha vuelto la razón de cada uno de los detalles de esa escalera, que es ancha, de escalones bajos y barandilla alta, precisamente porque desde el principio Eva y yo pensamos en habilitar la buhardilla como cuarto de juegos y estudios de los hijos que íbamos a tener y buscamos la mayor seguridad en su dibujo.

Con el fin de que sirviese de almacén o desván, arreglamos un pabelloncito que da sobre la tapia trasera y que era la única edificación con que contaba la finca cuando la adquirimos y en la que los antiguos propietarios habían guardado útiles y herramientas y también algunos muebles que interesaron particularmente a Eva, ya que entre ellos había piezas isabelinas, alfonsinas y de no sé qué otros estilos. Nosotros decidimos darle al pabellón idéntico uso, puesto que, según los planos que trazamos para la casa, quedó situado en un lugar muy cómodo y también muy discreto, en la zona menos noble, a espaldas de la cocina. Cubierto de yedra y galán de noche, resultaba, además, casi invisible. Junto al almacén respetamos un desnivel de escasa profundidad y bastante ancho, que los antiguos propietarios habían utilizado para quemar hojas secas y maleza y que aún hoy Ramón utiliza con el mismo fin.

Mantuvimos pues el almacén en esa edificación de tamaño más que regular y levantamos un pequeño cenador junto al ala derecha de la casa, al borde de la piscina. Dos de las cuatro fachadas del cenador estaban formadas por paneles de vidrio que se recogían cuando llegaba el buen tiempo, dejando circular libremente el aire en el interior de la pieza. Eva utilizaba sobre todo en otoño esa construcción que había sido pensada como buffet para el verano. Era su sala de lectura predilecta. Ordenaba encender la chimenea y pasaba allí tardes enteras, levantando de vez en cuando la mirada de las páginas del libro para posarla sobre las hojas marchitas de los árboles iluminadas por el suave sol de octubre.

Le gustaba leer en voz alta. Con frecuencia me distraía de mi trabajo para leerme una página de una novela, un poema, o una noticia del periódico. «No me estás haciendo caso», se quejaba, aunque yo me esforzaba por mantener un gesto de atención que a ella nunca le parecía suficiente. Años antes me había tocado a mí leerle a su hermano Manolo, pero aquellas lecturas formaron parte de un ambiguo contrato en el que se mezclaban las obligaciones de amistad con las estrictamente laborales. En mi mente esas lecturas en alta voz se habían asociado en los primeros tiempos de mi relación con la familia con una actitud lejana, superior, muy característica de todos ellos, y esa sensación volvía a asaltarme al ver a Eva rodeada de libros y escuchando música en el cenador. Si días atrás escribí en este mismo cuaderno que jamás fui celoso, tendría que matizar esa afirmación, porque sí tuve muchas veces celos del cenador, de los libros y de la música, que la alejaban de mí, o, por ser más preciso, que me demostraban que mi acercamiento a ella se producía sólo en determinadas parcelas, pero que dejaba también enormes vacíos que nunca iban a colmarse.

    La visión de la escalera de la buhardilla me ha traído la inmensa desolación de esos territorios que nos alejaban, que siempre estuvieron ahí, separándonos, aunque en los mejores tiempos nos esforzáramos en llenarlos con aportes de afecto. He vuelto a ver a Eva sentada en el cenador y a escuchar un vago eco de música, y la he visto tumbada sobre la alfombra de la buhardilla leyéndole cuentos a Manuel antes de que él aprendiera a hacerlo por sí mismo. Le leía durante horas, sin fatigarse, manteniendo el mismo calor en la voz, marcando la entonación, el ritmo, y escenificando un poco cuando era un personaje quien hablaba; entonces, su voz se volvía ronca y amenazadora si se trataba, por ejemplo, del lobo, y cristalina si era un hada o una princesa.

    Ramón me ha encontrado allí, al pie de la escalera, con la mano apoyada en la barandilla y un gesto de abatimiento que lo ha alarmado. «¿Se encuentra usted mal?, ¿le ocurre algo?», me ha dicho, y se ha puesto luego a darme explicación de las razones de su tardanza: se había dormido, estaba desnudo («por el calor, ¿sabe usted?», me ha dicho), y ha tenido que vestirse antes de bajar. Me ha producido una extraña sensación esa palabra, «desnudo», porque no he podido rechazar de mi cabeza la imagen de su cuerpo robusto, allí tendido sobre un colchón, en esa buhardilla que para mí sigue siendo un depósito infantil de muñecas, trenes, soldados, hadas y princesas, y que en mi memoria aún huele a colonia de baño.

Desde que Ramón vive en la casa, jamás he subido a la buhardilla y soy incapaz de imaginarme qué orden habrá él impuesto allí. La imagen de su cuerpo desnudo y el desconocimiento del estado actual de esa zona de la casa que durante años fue la más querida, me han llevado a reflexionar acerca de cómo la vejez sigue haciendo crecer el proceso de extrañamiento, de pérdida. Uno pierde facultades, pero también espacios: lugares que ya no se frecuentan, habitaciones que no se abren, rincones del jardín que no piso.

Por vez primera desde que él está aquí, lo he sentido como un extraño. No como parte del servicio de la casa, que es como he visto siempre a criados, jardineros o cocineras, sino como un cáncer que ha empezado a crecer y ha infectado ya una parte de la vivienda. La tormenta expulsando del cielo las palomas. Ahora, la buhardilla son sus enormes pies desnudos y sus piernas poderosas rompiendo el aire. He sentido curiosidad por saber cómo habrá decorado las paredes, si tendrá fotografías de la familia en la mesilla, o paisajes, o alguno de esos carteles de revista pornográfica que le darían a la habitación un aire cuartelario. No llego a imaginarlo, aunque viéndolo tan cuidadoso y ordenado pienso más bien en una decoración de esas que se consideran de buen gusto entre los pobres con pretensiones: ramos de flores secas, un arlequín, cosas así.

La verdad es que ésa debía de ser la idea que yo inconscientemente mantenía –la del arlequín y las flores– hasta que esta tarde le he escuchado decir la palabra «desnudo». La violencia de su cuerpo me ha golpeado poniendo a la luz esa contradicción que siempre está presente en él: su amaneramiento, su cuidado casi femenino de las cosas y de sí mismo, y al mismo tiempo su robustez. Viéndolo, se tiene la impresión de que sus actos los ejecuta alguien que no es él, y sólo en los momentos en que poda o cava el jardín o se somete a algún ejercicio físico parece que se produce la reconciliación de los gestos con el cuerpo que los lleva a cabo.

Mientras escribo estas frases, descubro que también en Eva había gestos que parecían no corresponderle. En el amor le ocurría eso: siempre tuve la intuición de que los gestos animales que el amor exige, las posiciones forzadas y hasta podría decirse que humillantes, no le pertenecían. Estaba en la cama con ella y tenía la impresión de que había mandado a una suplente, algo así como un caparazón de sí misma. Mientras yo golpeaba contra ese caparazón, la verdadera Eva se quedaba leyendo en una butaca, siempre con el fondo musical de aquellas placas que el doctor Beltrán le regalaba.

De ahí la rotundidad de mis primeros encuentros con Elena, porque el amor nos exigía los movimientos que nuestros cuerpos sabían; aún más, los únicos movimientos y gestos en los que nuestros cuerpos se reconocían desde siempre. Esos que se ponían en cuclillas, que se pasaban la lengua a través de los labios, que metían los dedos en los lugares más sórdidos y gemían y suspiraban con un ritmo entrecortado, éramos la única verdad de nosotros mismos, y todo lo demás, la máscara que los otros nos imponían.

Nos conocimos en 1948, en una fiesta a la que había acudido con Ort. Elena, que trabajaba como intérprete, estaba allí por razones de amistad con la hija del propietario de la empresa que organizaba la fiesta. Si fuera ahora, podría decirse que se trataba de una feminista, porque era una de esas mujeres que dio la Sección Femenina, y que fumaban, bebían y jugaban al tenis: un cúmulo de actividades anormales para la mayoría de las mujeres de entonces. A simple vista reconocimos nuestro deseo.

Desde mi boda con Eva yo no había tenido más relaciones fuera del matrimonio que las que me proporcionaron unas cuantas noches de copas con Ort que terminaron en la cama de alguna golfa. Pero Elena no era una golfa: era un cuerpo que se convertía entero en sexo. Nos reconocimos enseguida, a lo mejor porque yo también necesitaba una sinceridad o una brutalidad física que la delicadeza de Eva no me permitía. Con Elena viví la sinceridad.

La primera noche abandonamos la fiesta juntos. Ort me dejó las llaves de su automóvil y las de un chaletito cerca de Las Matas. Elena se sentó desnuda en la cama y yo me arrodillé frente a ella. Abrió su sexo para mí y hundí mi rostro en él. Era la primera vez que bebía de un sexo: con las prostitutas siempre había sentido asco y a Eva no me había atrevido a pedírselo nunca. También sabía que esa pasión no hubiera sido buena para mantener la estabilidad en casa y que su lugar estaba fuera del matrimonio como un complemento necesario.

No. Desgraciadamente, los recuerdos no son neutros, ni apenas útiles: ni siquiera se reducen a una sucesión de estampas como las colecciones de cromos que hacía Manuel en su infancia: futbolistas, fauna salvaje, maravillas del mundo, Los Diez Mandamientos. Los recuerdos tienen un orden, un antes y un después, el tiempo de las heridas y el de las llagas que siguen supurando durante años sin que nada pueda sanarlas.

El sexo con Elena me pareció al principio una fruta madura y, luego, durante años, se me ha aparecido como un pájaro herido. A los recuerdos sólo se los disimula con nostalgia, y la nostalgia es estúpida como esa decoración de arlequines que había yo imaginado en el cuarto de Ramón hasta que le descubrí, con una palabra suya, el cuerpo.

Elena, la avidez. Me despierto durante la noche, e intento recordar los rasgos de su cuerpo, el tono de su voz, y no lo consigo. Líneas grises que se desvanecen si cierro los ojos y que no están si los abro, manchas trazadas sobre papel mojado. Siento la materia de la que estaba hecha Elena, pero no su forma, su orden que era mi avidez desordenada.

A veces me pregunto cómo habría sido mi vida con ella, y también por qué no se me pasó nunca por la cabeza que pudiera llegar a ser. La primera noche, mientras intentaba servirle otro güisqui en el chalet, se fue la luz y una de las copas se estrelló contra el suelo. Oí su risa en la oscuridad y allí mismo, de pie, empecé a morderle los pezones. Tenía ganas de llorar. Lo hice luego, con mi cabeza entre sus muslos, la sal de mis lágrimas confundida con la de su sexo. Se retorcía sobre mí, me tiraba del pelo y yo lloraba entre sus piernas porque tenía la impresión de que la vida y la felicidad estaban allí y que bastaba un gesto para capturarlas y que yo no sabía cómo hacerlo.

Mientras se vestía, ya con las primeras luces del día entrando por la ventana, le dije: «¿No tienes miedo?» Se volvió para mirarme. «¿De qué?», preguntó. «De que te tome por una cualquiera.» Se echó a reír y me llamó «puta» y yo la desnudé precipitadamente otra vez. Y al tiempo que iba arrancándole la ropa, pensaba que Eva me despreciaba tanto que ni siquiera había intentado joderme.

Pero ¿por qué escribo esto?, ¿por qué me dejo poseer por los recuerdos, por las heridas abiertas?, ¿por qué me humillo sin que nadie me lo exija? Entrar en una herida abierta, palpar sus bordes, sentir que sus bordes son los cabellos de Eva rozándome la cara, sus brazos flotando por encima de mis hombros mientras bailamos un bolero en el salón del doctor Beltrán, que está lleno de amigos de los que ella se ha ido rodeando, eligiéndolos cuidadosamente, como con pinzas, y que todos resultan útiles para mis negocios pero ninguno se me parece.

Esa noche, Ort ya no está. Ya no lo invitan, porque resulta demasiado vulgar cada vez que saca la cartera y enseña un fajo de billetes atado con una goma, cada vez que enciende un cigarro y agita la cerilla en el aire para apagarla. No: Ort ya no viene. Seguimos siendo socios en algunos negocios, nos vemos algunos días a la hora de comer, hablamos ante una copa: de dinero, de putas o de fútbol. A veces me presenta a alguna de sus amigas, que son todas como muñecas infantiles, niñas escuálidas a las que le gusta aplastar bajo su peso cada vez superior.

Ort tiene una vitalidad desbordante, que le hace estallar los botones de las camisas, que le hincha las chaquetas, que le colorea el rostro por encima del bigote, y esa vitalidad desentona en las fiestas que dan los amigos de Eva, y a Eva misma parece asfixiarla Ort nada más que con su presencia, como yo imagino que asfixia a sus muñecas rubias bajo el peso del cuerpo creciente. Claro que Eva lo ha ido acorralando poco a poco. Ha anotado y me ha hecho ver cada uno de los gestos de Ort que no le resultan adecuados, ha guiñado imperceptiblemente los ojos con desagrado cada vez que él ha levantado la voz por encima de lo socialmente tolerable, ha venido a contarme cada palabra grosera que él le ha dicho a alguna de las amigas de la casa aprovechando el instante de relativa intimidad que, en medio de una reunión tumultuosa, puede conseguirse en un pasillo, en un rincón.

Al principio sí. Al principio es el maestro, el que nos enseña dónde está cada cosa en Madrid, y el modo de conseguirla, el que nos guía en un laberinto, el que nos invita a comer porque advierte, no se sabe cómo, que nuestra economía va aún peor. Lo hace siempre discretamente, fuera de su casa, sin que se enteren ni su mujer ni la mía. Nos lleva a algún restaurante y, al final de la comida, cuando Eva se levanta para arreglarse en el tocador, me tiende un par de billetes de mil pesetas.

Eva telefonea continuamente a su mujer, salen juntas, van al cine, de compras, o a tomar un café en la Gran Vía. Ort es el único que pisa en un par de ocasiones la pensión en que vivimos durante los primeros meses: es el único que no importa que la pise. Lo sabe todo. El único a quien Eva invita a comer en el miserable piso al que nos trasladamos después. Charla con él, recibe con agrado los cumplidos sobre las hábiles manos de la recién casada que, a pesar de venir de buena familia y de ser una damita, hace unas croquetas riquísimas y prepara un cocido para chuparse los dedos.

Después, poco a poco, las relaciones se enfrían. Eva sabe cómo enfriar las relaciones. Sigue saliendo de compras con su mujer, pero a él ya no lo llama, ni lo invita, y la nueva casa la visita Ort en varias ocasiones mientras se están llevando a cabo las obras, pero una vez concluidas pasa un tiempo antes de que Eva los invite a los dos, a la mujer y a él, y les vaya enseñando las habitaciones, y les abra las puertas una por una, pero no las de casa, porque no los llama a la hora de comer, sino a la de la merienda, y los sienta en el salón, y es la criada quien sirve, y Eva y la criada cuidan cada detalle al milímetro, todo exquisito, medido, como dejando claro que en aquella casa ya nada será igual. No vacila en sentarse al piano y tocar alguna pieza, a la espera de que ellos bostecen, y la despedida se prolonga hasta la hora de la cena, pero Eva no les pide que se queden, y así ya les ha marcado que allí se va con un fin determinado, y nada más que con ese fin: a cenar, a merendar, a comer; es decir, exclusivamente a aquello para lo que se ha sido invitado.

Sin embargo, resulta curioso, pero no será Eva la que defina la carencia de Ort. Lo hará Elena, meses más tarde, cuando ya las llamadas de Eva a la mujer de mi socio son esporádicas, aunque igual de calurosas que siempre. «Hija, llevamos un montón de tiempo sin vernos. Mañana por la tarde. Quedamos en Callao. Donde tú quieras. Sí, ahí, en el Capitol, como en los viejos tiempos.» Y, de repente, los viejos tiempos son sólo la constatación de que éstos son ya otros tiempos, con otra manera de trato y otra relación.

Ni Ort ni yo queremos enterarnos. Pensamos que son cosas de mujeres, o ni siquiera pensamos en nada. Yo, en mi caso, no creo que lo vea, que vea cómo nos estamos alejando. Nosotros dos nos reímos igual que siempre, hablamos de los muslos de las mujeres que caminan por la acera mientras cruzamos Madrid en automóvil: la calle Goya, Serrano, Alcalá.

Ort ha empezado a dedicarse más a las importaciones, aunque siga construyendo frenéticamente, pero separamos poco a poco las empresas, las mías y las suyas. Escribo que no nos enteramos, pero de algo sí que tenemos que darnos cuenta, porque buscamos trabajar más cada uno por su lado.

Una tarde le comento que he quedado a cenar con Elena y me propone que vayamos juntos. Llevará a una de sus muñecas. Cenamos en un restaurante de la Cuesta de las Perdices y, después, nos dirigimos al chalet. Hemos bebido más de la cuenta y, aunque Elena me ha parecido susceptible durante la cena, todo parece discurrir en armonía, hasta que, en el chalet, empiezan las risas, las bromas y, de repente, Ort, la muñeca y yo nos quedamos medio desnudos en el salón. Ort se acerca a Elena, que ha ido alejándose del grupo, y la anima a que participe. Pero Elena se levanta y se va al servicio. Voy a buscarla. Está sentada en el borde de la bañera fumándose un cigarrillo. Me dice: «Vámonos ahora mismo.» Nos vamos sin despedirnos. En el salón suena la música y Ort y la muñeca se empujan sobre la alfombra. De vuelta a casa, en el automóvil, dice: «A ese tío le falta estilo.» Lo ha definido.

Ella lo tiene. Su madre es viuda de un diplomático y sus hermanos son militares y hombres de negocios. Los conozco. Hemos coincidido a veces en sitios. Pero, aunque no los conociera, sería igual: a ella se le nota el estilo en cómo enciende el cigarrillo, en el color del esmalte de las uñas, en el corte de la chaqueta y en cómo cruza las piernas. Paramos en la carretera y hablamos. Me dice: «Hoy sí que me has tratado como a una cualquiera.» Y yo le respondo: «Trátame tú como a una puta. Fóllame.» Lo hace. Se sienta sobre mí, me muerde los pezones, me abofetea, me golpea en las nalgas. Me folla.

La carencia de Ort: el estilo. Es carencia su exceso, que a mí me atrae. A Eva la aplasta la voluminosa presencia de Ort, a mí me parecen enfermizas las reuniones de Eva. Su amiga Magda, el eterno doctor Beltrán. Van a los conciertos. A las exposiciones. Eligen los cuadros de la casa. Cambian cada poco tiempo la decoración. La mujer del doctor Beltrán tiene un aspecto quebradizo, de vegetal seco. Se sienta durante horas en una butaca: los mira a ellos tocar el piano, subirse a una escalera para cambiar el Pinazo al saloncito y, en su lugar, colgar telas estridentes que a mí me chocan todavía. Aún no sé que son un Tharrats y un Miró. En las reuniones se discute frecuentemente acerca de esos cuadros y hay enfrentamientos porque unos los encuentran modernos y atrevidos, mientras que otros dicen que son esnobs y antipatrióticos.

Eva viaja a Misent en un par de ocasiones. Yo no quiero acompañarla, aunque tampoco pueda decirse que ella me insista excesivamente. Se han reanudado las relaciones con los Romeu, y Eva vuelve de su segundo viaje acompañada por su madre. En realidad, yo me siento orgulloso de que doña Carmen Romeu vea lo que hemos sido capaces de hacer sin ellos, pero no siento cariño: sólo rencor. Nunca me curaré de ese rencor. Por más que quiera, que escriba, es el rencor el que da origen a estos papeles, o no, no sé, tal vez el deseo de piedad para todos nosotros: para ellos y también para mí.

La relación se ha reanudado a partir del nacimiento del niño. Eva y yo nos decimos que no es justo que ignoren que tienen un descendiente, pero los dos sabemos —sin decírnoslo— que lo que ocurre es que si nuestro ascenso y la nueva casa son «el nido» del recién nacido, también son el certificado que nos permite demostrarles su error, su falta de perspectiva. Es como decirles que Eva acertó en su elección al casarse conmigo y que ellos, al oponerse, se equivocaron. Por eso les escribimos una carta, comunicándoles el nacimiento y también que al niño le hemos puesto el nombre de Manuel como homenaje a Manolo, el hermano de Eva.

Recibimos su respuesta pocos días más tarde. Nos dan la enhorabuena, nos envían ropa y juguetes para el niño, expresan sus deseos de conocerlo, de que «pronto podamos volver a reunirnos» y también nos comunican que Manolo no ha podido participar de «la alegría de la feliz noticia, porque, cuando recibimos vuestra carta, el pobre estaba ya en coma». Ha muerto un par de días más tarde, sin recuperar la consciencia, «aunque», añade la carta, «seguramente desde el cielo nos bendecirá a todos y muy en especial a esa criatura inocente».

El día en que llega el envío, me voy de casa. Busco a Ort, lo necesito. Tengo que contarle que ha muerto Manolo, abrazarlo, sentir que aún me queda algo de entonces, de lo que he sido, y esa noche sí terminamos los dos desnudos en el chalet con una de sus niñas, y la aplastamos entre los dos y la jodemos como si plantásemos algo allí dentro: una semilla. Mientras nos abrazamos los tres sobre la alfombra, yo siento una vez más que la falta de estilo de Ort no es carencia, sino exceso, y sé que ese exceso de vida se me ha escapado ya, y que esa ceremonia se parece más a un entierro que a una siembra. Enterramos nuestros cuerpos en una frágil cajita pálida que gime como un recién nacido a cada embestida y que, en el mismo tono de voz en el que gime inocente, formula deseos con lengua de poseída por el diablo.

Allí dentro se quedan nuestras ilusiones y creo que lo sabemos los dos. Yo, al menos, lo sé: ya no volveremos a vernos más que de refilón. De lejos. Ort y yo seguimos caminos diferentes. A veces me lo encuentro a la salida del fútbol y buscamos un bar donde tomar una cerveza, y decimos: «A ver qué día de éstos quedamos con tiempo.» Pero no quedamos. Ahora lo pienso: Ort no cabe en el salón de Eva porque se enseña en exceso, no se oculta tras un piano, ni se cubre con una tela pintada por una firma cara. Se enseña como es y eso no vale en el círculo. Lo veo. Lo estoy viendo. Es curioso, pero el cuerpo de Elena, que me volvió loco, no consigo verlo, y en cambio veo el de Ort: los puños de sus camisas, sus gemelos llamativos, las manos enormes que apartan los muslos de la muñeca.

Una palmada en el hombro. Un abrazo de compromiso. «A ver qué día nos vemos más despacio.» No llegó ese día. Ni siquiera en el velatorio pude quedarme más que unos minutos. «Dame un beso, Rosa (a su mujer). Sabes lo mucho que lo hemos querido.» Cuando dije «hemos» supe que lo traicionaba. Estaba allí, corpulento, en el interior de la caja forrada de rojo, y no pude evitar el pensamiento de que pronto empezaría a transmitirle a la tierra su exceso de vida, su falta de estilo.

Vuelve la memoria como un enemigo al que nunca se derrota. Yo no aceptaba que esta casa, que había concebido como domicilio provisional y como inversión inmobiliaria, se convirtiera en hogar definitivo. Quería que la familia viviese en Misent. Y ya me imaginaba a mí en Madrid, dedicado a los negocios y cuidando mi relación secreta con Elena, y a Eva y a los niños protegidos en un lugar junto al mar que había elegido y en una casa que ya había empezado a dibujar en mis ratos libres. Al principio, Eva me hacía ver que compartía mi ilusión por el proyecto, pero creo que a medida que empezó a darse cuenta de que era posible, una vez que nos reconciliamos con su familia, se desinteresó.

Se había acostumbrado a la libertad que le ofrecía Madrid, a un círculo de amistades que se iba extendiendo en torno a nosotros como una mancha de aceite, y la soledad de la Punta Negra debió de parecerle más una cárcel que un refugio. Yo no me di cuenta. Habíamos hablado tantas veces del proyecto que ni siquiera se me pasó por la cabeza que ella ya no fuese la misma.

Me limité a interpretar su desinterés como temor. Yo creí que tenía miedo de volver al cerrado mundo familiar del que habíamos huido. Ahora, en la memoria, qué claridad. La casa de Misent, con su jardín abandonado, me parece un testigo irónico de mis errores. Eva y Julia ya no están; Roberto vino luego y no vivió aquellos años felices; a Manuel ya no lo tengo: es como si no estuviera. A veces ordeno las fotografías en que aparece, y lo hago siguiendo un hilo cronológico: fotos en las que posa desnudo sobre un cojín, mirando hacia la cámara con unos ojos redondos como dos bolas de cristal, fotos en las que cabalga, vestido con un trajecito marinero, sobre un caballo de cartón, y otras en las que aparece, generalmente ya con Julia a su lado, jugando en la playa de Misent. La foto con el barco de vela, las de la primera comunión.

Luego, los testimonios fotográficos se vuelven más escasos y, entre una y otra instantánea, sus rasgos sufren notables alteraciones y yo tengo la impresión de que, en ese ordenamiento, se alejan cada vez más de los míos, y mis pensamientos oscilan entre la sospecha de que su semejanza conmigo en la lejana infancia fue sólo una ilusión y el miedo de que, después de tantos avatares, y sobre todo después de aquella triste discusión en la clínica a la que se refiere en su cuaderno, mi inconsciente se haya esforzado por poner en primer plano las diferencias, o por ver las que no existen más que en la incomprensión y el resentimiento.

«Mezquino hasta el final», escribió Manuel, refiriéndose a mí, aquella misma tarde en su cuaderno, como resumen de la discusión que habíamos mantenido cuando yo protesté porque habían convertido el cuarto de la clínica en un salón, con todas aquellas visitas y la complicidad permanente del doctor Beltrán. Esa frase parecía el negativo de la esperanza que había abierto al nacer, porque el nacimiento de Manuel puso orden en nuestra vida y vino a cerrar buena parte de las heridas de los recuerdos, por más que las reconciliaciones que propició, tanto con mi familia como con la de Eva, fuesen frágiles: suficientes, sin embargo, para que pudiéramos seguir adelante. A medida que la casa de Misent iba creciendo en altura y su espacio se ordenaba mediante los tabiques que le nacían dentro, yo pensaba a veces que Manolo, el hermano de Eva, seguía ejerciendo su influencia benéfica a través del niño que llevaba su nombre.

Volví a pisar la casa de mis padres, aunque mi padre siempre se adelantara a coger al niño y cuando me dirigía la palabra lo hiciese mirándolo fijamente a él. Nunca me dijo: «Vendrás a comer con nosotros.» Decía: «Traerás al niño a comer a casa.» Y yo me sentaba en la mesa como acompañante y entendía que era su orgullo el que nos impedía hablar.

Tampoco con mis suegros sellamos por completo el agravio, y si mi suegra, más positiva, me llamó hijo desde su primer viaje a Madrid, mi suegro mantuvo el tú despectivo al que me había acostumbrado durante el tiempo que me tocó trabajar para él, y en la mesa no vacilaba en servirse el primero y en ponerse a comer antes de que la sopa hubiera llegado a mi plato, como dejando claro que yo seguía formando parte del servicio, aunque ya por entonces fuese yo, y no él, el propietario de la Consignataria Romeu, del Garaje Romeu y de la Joyería Romeu, y tuviera que pasarles una pensión disfrazada de pago a plazos por la adquisición de su emporio, porque ellos estaban absolutamente arruinados.

Él nunca aceptó que yo entrase como un igual suyo en aquella casa, no admitió que tenía la suficiente fuerza de voluntad para acabar siendo como ellos, para estar incluso por encima de ellos. No es de extrañar, porque, en el fondo, don Vicente Romeu pensaba exactamente igual que mi padre. Para ambos, yo no era más que un oportunista con escasos escrúpulos. Mi padre sentía el oportunismo por abandono, y don Vicente Romeu por intromisión.

De no haber sido por Manolo o, mejor dicho, por la enfermedad de Manolo, yo nunca hubiera pasado de ser el muchacho recién licenciado del ejército que le traía la tartera con la comida al contable, un maestro republicano a quien don Vicente había sacado de la cárcel y a cuyo hijo ocupaba la familia Romeu en algunos quehaceres. Pero Manuel se fijó en mí y empezó a utilizarme para llevar el correo y para ayudarle a revisar algunos pedidos. Me tomó una simpatía que fue creciendo a medida que se desarrollaba en él la enfermedad que lo dejó en una silla de ruedas primero y que luego acabó llevándoselo en plena juventud.

La enfermedad estrechó mis relaciones con la familia, ya que Manolo me convocaba a su despacho cada vez con más frecuencia, y allí yo le ayudaba en el trabajo, y, una vez concluida la tarea de la tarde, me pedía que me quedase con él para jugar al dominó o a las damas, o para leerle los periódicos y libros que empezaba a sostener entre las manos con dificultad.

En algunas ocasiones, Eva y doña Carmen participaban en nuestros entretenimientos y, las tardes en que nos quedábamos solos porque las mujeres salían de compras o al cine, Manolo me hacía caminar ante él y me pedía que me acercara a su silla y me tocaba los músculos de los brazos y de las piernas y me decía: «Carlos, cómo envidio tu fuerza, tu salud.»

Yo sentía afecto por él. No creo que nadie pueda decir que mis atenciones fueran sólo fruto del cálculo, por más que la necesidad nos llevase a todos a mirar dónde podíamos encontrar un resquicio de futuro. Manolo fue el único cómplice con que contamos Eva y yo en nuestra relación. «¿Crees que vas a encontrar a alguien que lleve mejor tus empresas?», le dijo a su padre. Pero él le respondió que, de momento, sólo quería un yerno y que al administrador ya lo encontraría en el mercado.

Don Vicente habló con mi padre, le contó que yo pretendía nada menos que casarme con su hija, y mi padre dejó de dirigirme la palabra. Todo Misent estaba infectado por el mismo mal. Yo veía las miradas de soslayo, las sonrisas burlonas cuando cogía el coche de Manolo para ir a Correos, para visitar la cantera o entregar los recibos en el banco; para sacarlo a él de casa y llevarlo de paseo a algún lugar de la costa. Le gustaba que le leyera en voz alta mientras escuchaba el rumor del mar. Yo era su amigo y me había enamorado de su hermana Eva. ¿Qué mal había en eso?

Ni siquiera podía criticárseme que, con mi esfuerzo, buscase el ascenso de posición social. ¿Acaso no seguí buscándolo luego limpiamente, en Madrid, sin su ayuda ni la de nadie? ¿O es que tenía que soportar para siempre la mezcla de rencor y mezquindad en que la guerra ahogó a mi padre y que él obligaba a mi madre a compartir? Su derrota no tenía por qué ser necesariamente la mía, y si el odio no les hubiera estrechado tanto la mirada, habrían sido capaces de advertir que estaba ofreciéndoles una reparación. No quería recorrer las calles de Misent con paso fugitivo, ni quedarme durante horas con la cabeza entre las manos y la luz apagada, como hacía mi padre.

Ahora, ellos y su ceguera están aquí encerrados, en los cajones del aparador, amarillos y silenciosos, con sus velos y libros de misa, sus ramos de flores, sus miradas huidizas, u orgullosas, o perdidas. La casa de mis padres, con la persiana de madera levantada, y también la casa de ellos, el salón con las kentias y la butaca con el cuerpo de Manolo consumido por la enfermedad, ya están sólo en las viejas fotografías del cajón. Lo mismo ocurre con Eva. Y también con algunos de los que vinieron después: mi pobre Julia, cuyo plazo ya concluyó, tan pronto. Quedamos Manuel, Roberto y yo, que aún vivimos dentro y fuera del cajón, siendo la vida de fuera más frágil que la de dentro. A veces, cuando miro todas esas fotografías, me da por pensar que están allí esperando a que cese nuestro movimiento para quedarse como única verdad.

Mi pobre Julia, Manuel. A lo mejor tuve miedo de transmitirles las absurdas sospechas en que viví y eso acabó dejándoles intactos no sé si el orgullo o la candidez que yo nunca pude disfrutar. Aún hoy recuerdo cuando le leía poemas a Manolo en ese rincón de la costa donde el mar arrastra los cantos rodados y se levanta la casa en la que quise representar mis sueños. Manolo me decía: «Carlos, ya aprenderás que la poesía es necesaria porque te hace vivir por encima, en el espacio puro en que crecen los sueños y las ideas.» Hoy pienso que ése es un espacio cruel al que sólo tienen acceso quienes gozaron de una adolescencia irresponsable.

Porque ¿cómo olvidar aquel cuatro de noviembre en que mi padre se presentó en la empresa Romeu más temprano que ningún día, para demostrarle a don Vicente que él tampoco pensaba asistir a nuestra boda? De la familia de Eva no vino nadie a la iglesia. A Manolo, que estaba empeñado en acompañarnos, ya no nos fue posible meterlo en el coche y se quedó vestido con un chaqué que se le había quedado grande, y con el lazo sin hacer. Me dio a escondidas quince mil pesetas para ayudarnos a que empezáramos la nueva vida que se nos iba a venir encima en cuanto concluyera la obligada ceremonia de la boda, que se celebró en Misent, en la parroquia de la Asunción, porque a la familia le pareció menos ignominiosa una boda al amanecer, con la iglesia vacía, que una huida a Madrid sin la constancia local de que habíamos legitimado nuestra unión. Mi madre nos esperaba a la puerta de la iglesia y le dio a Eva un ramo de flores que no sé dónde habría conseguido en aquella estación del año.

Recuerdos, fechas. El viento movía las farolas y un aire desapacible traía la humedad del mar. Cuando el tren alcanzó la bahía de Altea, había empezado a llover y apenas se veía la sombra del Peñón entre los jirones de niebla. Teníamos las quince mil pesetas que nos había dado Manolo y algo que habíamos conseguido reunir por nuestra cuenta: poco dinero para emprender una vida que no sabíamos adónde habría de llevarnos; y que, además, empezó a esfumarse en la taquilla de la estación de ferrocarril de Misent y siguió menguando en la de Alicante y en la panadería y el ultramarinos en los que entramos para adquirir provisiones. Cada peseta que gastábamos acortaba nuestro plazo. Eva llevaba, además, su educación, su buen gusto, su ropa de calidad y algunas joyas. Yo, mi juventud, la herida del rencor.

El viento desapacible, el olor a carbón. De madrugada, cuando el tren se detuvo en Chinchilla, me di cuenta de que los cristales de la ventanilla se habían helado por dentro. Entonces ya había empezado a hacerme daño el último gesto con que despedí a Manolo. Hubiera deseado poder coger el tren de vuelta para repararlo. «Ya no te veré más», me había dicho por encima del lazo mal anudado de su chaqué, y me había hecho una señal para que yo le pidiera a Eva que nos dejase solos, pero no me sentí con ánimos, e hice como que no entendía su gesto. Entonces, me cogió con fuerza una mano y la apretó entre las suyas, y yo tuve que tirar con cierta brusquedad para separarme de él, lo que le hizo abrir los ojos con sorpresa. «Carlos», dijo, con una voz amarga. Yo le dije adiós desde la puerta.

Muchas veces, desde el interior de la bañera observo a Ramón, que alcanza los frascos de gel o de perfume, que me frota la cabeza con el champú, que extiende el brazo para recoger la toalla, y admiro su agilidad, su solidez, e intento reproducir en mí los sentimientos que Manolo debía de experimentar ante aquel joven fuerte y ambicioso que yo fui. Comparo los músculos tensos de Ramón con mi cuerpo degradado y siento deseos de suplicarle que me traspase un poco de su fuerza y, mientras lo contemplo, no puedo apartar de mí la idea de una injusticia: es como si su fuerza creciera a costa de arrebatarme la mía, y entonces me asalta el recuerdo de cómo, a medida que Manolo se quedaba en la butaca del rincón, yo me senté en sus sillas, ocupé su lugar en el escritorio de la oficina, cogí entre mis manos el volante de su automóvil, leí los libros que él ya no podía sostener y, años más tarde, edifiqué mi casa en el lugar que él me había enseñado que era el más hermoso.

Nunca se me había pasado por la cabeza que Elena pudiera dejarme un día. Yo viajaba fuera de España y ella me acompañaba con frecuencia. En Madrid acostumbrábamos a vernos en un apartamento que había adquirido en un rincón discreto cerca de Cea Bermúdez, en una calle poco poblada, de edificaciones nuevas, y en la que apenas se veían peatones por las aceras, un lugar perfecto para encerrar una relación fuera del matrimonio.

Ocurrió en Niza. Yo acababa de abandonar una reunión con los directivos de cierta constructora francesa interesada en adquirir terrenos cerca del Bernabeu y que buscaban un intermediario de confianza. Elena había pasado la tarde de compras en la ciudad y, cuando llegué a la habitación del hotel, estaba tumbada en la cama rodeada por media docena de revistas. Recuerdo sus pies sonrosados, su pelo suelto cayendo sobre una bata de color perla. No quiso vestirse para cenar y pedimos que nos sirvieran un tentempié en la habitación. Lo dijo de improviso: «Carlos, tenemos que dejar lo nuestro.» Y yo no le hice demasiado caso. Seguí más atento a la botella de Graves, al salmón y a los huevos pochés que a sus palabras.

«Te dejo, Carlos», insistió cuando ya habíamos apagado la luz. «Quiero tener una oportunidad, una familia como la que tienes tú. Me voy a casar, ¿sabes?, y esas cosas conviene empezarlas bien.» Me comporté como un imbécil. Me perdió el desconcierto. Le hice el amor y, al terminar, pensé que ya estaba todo resuelto. Creí que me bastaba con demostrarle que aún podía seducirla con mi sexo: la inexperiencia, la juventud. Aún no entendía la capacidad de cálculo y disciplina que puede desarrollar una mujer cuando tiene una ilusión.

Volvió de lavarse, envuelta en una toalla. Le dije: «Tú no podrás dejarme nunca», y ella se echó a reír. «Mi pobre puta», me dijo, pasándome la mano por la cara, con ternura, «qué poco te enteras de las cosas.» Le aseguré que aún podía separarme de Eva, aunque sabía que no, y menos en aquellos instantes en que ya estaba embarazada de Julia. Ella también lo sabía. «No te importa engañar si con la mentira mantienes el pesebre», volvió a burlarse. Me dieron ganas de abofetearla, pero empecé a vestirme. Ahora no me hacía gracia que me llamase «puta» con aquella voz tan dulce que sonaba a irónica compasión. Salí dando un portazo y paseé durante horas por la ciudad. Cuando regresé, ya de madrugada, dormía, y me invadió la rabia viéndola dormir indiferente. Yo había creído tenerla y era ella la que me había tenido a mí. La rabia no era nada más que miedo.

A la mañana siguiente la acompañé al aeropuerto, aunque no quise coger el mismo vuelo que ella. Anulé mi pasaje y permanecí un día más en Niza: ese día le compré el collar de platino a Eva y, para regresar a España, alquilé un automóvil con el que fui directamente hasta Misent. Allí, en un vivero que cerraron hace algún tiempo, adquirí la media docena de palmeras que adornan el jardín de la Punta Negra. Me quedé una semana vigilando las obras de la casa y, antes de volver a Madrid, presencié el trasplante de las palmeras, y verlas allí, agitando sus palmas a la orilla del mar, sobresaliendo en la distancia como un punto de referencia en la costa, me pareció un antídoto contra el miedo que me había asaltado en Niza al ver a Elena dormida e indiferente mientras a mí me mordía la desesperación de lo irremediable. Muchas veces he pensado que la inquietud de aquella imagen de Elena ha sido la que me ha provocado siempre la propia ciudad de Madrid: la de una amante insegura de la que jamás puedes sentirte orgulloso porque te expones a que te deje en ridículo.

Elena y yo no volvimos a acostarnos juntos y siempre me ha quedado la duda de por qué. Yo aún la deseo, o quizá sólo deseo la juventud perdida. Probablemente, los dos tuvimos demasiado orgullo y ella ya no podía pedirme nada como yo no pude volvérselo a pedir. Una tarde en que regresé solo al apartamento, descubrí que se había llevado las pocas pertenencias que guardaba allí y que había dejado las llaves en el mueblecito del hall. Luego, durante años, coincidimos por la calle, en fiestas, o a la salida de algún espectáculo. Nunca volvimos a saludarnos, porque oficialmente ella y yo no nos conocíamos. Todavía me pregunto a veces si seguirá con vida y, en tal caso, no sé si querría volver a verla, no fuera a ser que también se esfumase ese fantasma que me visita con frecuencia; aunque, en otras ocasiones, pienso que la vejez, del mismo modo que nos vuelve comprensivos con nuestro aspecto físico, también nos lleva a aceptar el de los demás, porque nos educa para convivir con la degradación. En ese caso, a lo mejor Elena aún seguiría pareciéndome bella y deseable, y encontrármela acompañada por su marido desataría en mí la dolorosa comezón de los celos. Debo confesar que, años atrás, cada vez que me cruzaba con su marido no podía evitar la curiosidad y me preguntaba si aquel hombre habría sido capaz de llenar su imponente pozo de deseo.

Julia nació en Madrid, porque aún faltaban los últimos retoques de la casa de Misent, y pienso que su llegada fue decisiva para que también Eva sintiera prisa por instalarse en la costa, recuperando la ilusión que durante tanto tiempo habíamos mantenido. Aunque hoy, pasados los años, a veces me da por pensar si esa decisión no estaría alimentada por algún malentendido con el doctor Beltrán: de entonces data el retrato con el collar de platino que cuelga en el pasillo que separa mi estudio del salón, y que está firmado por Bello, un amigo de Beltrán, recientemente fallecido, cuyos cuadros ahora se cotizan enormemente, se exponen en todo el mundo, y de quien conservo también una marina.

Ordenando mis recuerdos, los veo a los dos (a Beltrán y a Bello) y a Eva sentada en una mecedora, posando para el retrato, y luego ya no veo a Beltrán: sólo el sol de otoño entrando a través de las cristaleras del cenador, y a Eva con Bello, que maneja los pinceles; y a esa imagen se asocian las frases de Eva diciéndome que sería maravilloso que Julia naciera en Misent, y yo que viajo con frecuencia, para dar los últimos retoques a la construcción, en el que puede considerarse como el momento más dulce de mi vida matrimonial.

Tenemos la felicidad de la familia (incluso la sombra de Elena se ha desvanecido durante aquellos meses), la satisfacción del dinero, que sigue llegándonos de una forma que parece milagrosa con los nuevos proyectos urbanísticos de la zona norte de Madrid, y el orgullo de poder regresar a Misent, de donde salimos casi a escondidas una desapacible mañana de noviembre.

El mar arrastra los cantos de la orilla en los días de tormenta y me hace participar de las palabras de Manolo. A mi manera, también yo creo por entonces que la poesía es necesaria porque te hace vivir por encima. Lo creo mientras dirijo las obras, mientras salgo con Eva para encargar los muebles, mientras me asomo a la terraza y miro la buganvilla que ha empezado a trepar por la pared y, al atardecer, veo la silueta de los barcos en la línea del horizonte.

La música que escucha Eva es como si hubiera

sido compuesta para nosotros solos, y se me olvida el nombre de quien le regala las placas: como a los habitantes de Misent se les ha olvidado la identidad de un joven ambicioso que conducía el automóvil de un paralítico mientras se esforzaba en seducir a su hermana. Ya no hay miradas irónicas cuando atravieso la avenida del Generalísimo y aparco mi automóvil bajo los plátanos, junto a las mesas de los cafés. El dinero hace nacer la admiración, el respeto.

Siento el equilibrio dentro de mí y hasta la pasión sensual parece esfumarse, como si no hubiera sido más que la pesadilla de alguien que aún no se había encontrado a sí mismo y se buscaba inútilmente en la hendidura de un pozo, de una gruta sin salida en la que, de no haber escapado a tiempo, se hubiese asfixiado.

Lucho por lo mío.

La primera vez que acompañamos en coche a mis suegros para que visiten la nueva casa, se instalan los dos en el asiento trasero, cuando lo más lógico habría sido que Eva y su madre ocuparan ese lugar y mi suegro se hubiera sentado a mi lado. En la siguiente ocasión, acudo solo, y mi suegro intenta ponerse detrás, junto a su mujer, pero me interpongo entre él y la puerta del automóvil, cerrándole el paso. «Hace años que no trabajo de chófer para nadie», le digo, y levanta la cabeza como si fuera a responder algo, y luego la agacha de nuevo, y ocupa el asiento junto al mío, y cruzamos así la avenida del Generalísimo, y yo detengo el automóvil ante la pastelería y bajo a comprar unos dulces, y él se queda allí durante un buen rato, en mi coche, esperándome, ante los veladores repletos de público en la mañana de domingo, y allí dentro soporta los saludos de los conocidos. Me demoro a propósito. Charlo con alguien, me inclino sobre los ocupantes de un velador. Le estoy advirtiendo que el orgullo es un juego que le permito que siga practicando de puertas adentro de casa. Una cortesía.

Mi padre no viene nunca a la casa de la Punta Negra. Sé que la ha visto levantarse, que ha seguido las obras desde lejos, por más que haya cambiado el recorrido de sus paseos vespertinos para no tener que pasar junto a la construcción. La presencia de la casa le hace daño a la vista como se lo hacía la luz del comedor cuando en la inmediata posguerra le pedía a mi madre que la apagase y se quedaba en un rincón a oscuras: no es capaz de sentirla como una reparación, sino como una prolongación de su derrota, ahora convertida en vergüenza. A mí me duele la sordera en que lo ha instalado su tozudez.

Mi madre acude de vez en cuando. Se hace cargo de Manuel, de Julia, que lleva su nombre, por más que mi padre dijera el día del bautizo que «un nombre no cambia nada». Hay una normalidad que parece engrasar poco a poco nuestra vida. Los niños crecen, el jardín se vuelve frondoso. Yo he comprado una Leica y les hago fotos. Aún puedo ver una parte de esas fotos: la cercana playa cubierta de algas que los carros se llevaban al atardecer, el merendero que me devuelve el olor de los pescados asados, la hamaca sobre la que se tiende Eva con un libro en las manos, el columpio, el barco de vela que Manuel sostiene y que talló mi padre para regalárselo un cumpleaños en el que tampoco quiso comer en casa.

Y como si sólo el dolor tuviese memoria, una niebla que detiene el tiempo en el recuerdo, como si diez años fueran nada más que un instante, una fotografía. El tiempo sólo se pone en marcha en mis continuos viajes a Madrid, en el crecimiento del bloque de viviendas que concluyo en La Corea, en las frecuentes salidas al extranjero a las que se une mi nueva acompañante, Isabel, en las copas de Pasapoga con los clientes, y en las cenas de madrugada en mesones de la zona norte donde oigo flamenco y a las que a veces le pido a Isabel que me acompañe mientras que en otras ocasiones busco acompañantes de una noche.

Durante algunos años, esta casa permanece prácticamente cerrada y Eva apenas pisa Madrid para las compras de temporada, para ir al modisto, a algunos estrenos. Un par de veces al año volvemos a abrir las puertas para dar alguna fiesta a la que acuden mis proveedores y se mezclan con los viejos amigos de Eva. Es una forma de decirles que seguimos existiendo.

Isabel, mi nueva compañía, ni es ni se le parece a Elena. Hay en ella una sumisión distinta. Falta la igualdad del deseo, o, por mejor decirlo, yo la deseo furiosamente (su juventud, su piel tersa, la mancha húmeda y rubia de su entrepierna), y ella desea más allá de mi sexo: los muebles un poco cursis con los que le he decorado el apartamento, buscando borrar las huellas de Elena, los perfumes, la ropa, la vida entre hombres maduros que se mueven con soltura en la noche, los restaurantes, los saludos. Yo la deseo, la muerdo, la penetro, y sin embargo, pese a la violencia de nuestros encuentros, sé que ya tengo el sexo fuera de mí: en lo que me rodea y poseo.

No importa. No sé si goza o finge, pero empiezo a descubrir que se trata de una información intrascendente, porque en nada va a alterar mi conducta. Yo puedo ponerla de pie contra la pared del baño y metérsela mientras solloza, puedo ponerla a cuatro patas sobre la alfombra y morderle la nuca, puedo arrodillarla ante mí y taparle la boca con mi polla. Nunca se le ocurrirá llamarme puta, ni se sentará en el borde de la bañera para fumarse un cigarrillo lleno de desprecio. Su sexo no es ni una fruta ni un pájaro herido que me conmueve cuando aparto los bordes de su llaga ante mis labios. Tengo la impresión de que ese tiempo de sorpresa ya pasó y que el pájaro herido y tembloroso fui yo mismo.

Siento que se ha desvanecido algo dentro de mí, del mismo modo que uno se levanta por la mañana y nota que ha desaparecido la fiebre que lo mantuvo sudoroso durante un par de días y respira otra vez los olores que parecían haberse evaporado y, al beber un vaso de agua, advierte que la boca ya no tiene esa pastosidad que la enfermedad había puesto en ella.

Isabel no es necesaria. Incluso cuando me acompaña en los viajes yo puedo prolongar la noche a solas después de concluidas la reunión y la cena de negocios. Puedo buscar aventuras y pasar con otras mujeres algunas horas en una habitación y, de vuelta en el hotel, ver a Isabel dormir plácidamente y sentir como un consuelo. Es un gato tibio que se pinta las uñas durante horas, pasa tardes enteras ante el espejo, llena la repisa del lavabo de tarros, borlas, pinceles y algodones, se aburre ante el televisor y lee con una mezcla de pasión y desgana las noticias acerca de bodas de artistas y princesas en las revistas del corazón. También yo la tengo a ella con una extraña mezcla de pasión y hastío.

No. Ya no venero el instante en que un sexo destella al abrirse ante mis ojos. Sólo lo ambiciono. Necesito cubrir ese hueco que de repente me parece de nadie con un sentimiento que ahora advierto similar al que me empuja a llenar con cemento una excavación, a levantar un edificio en un solar, a cubrir con mi rúbrica el hueco que queda al pie de un talón bancario.

La emoción está en otro lugar. Cuando Eva se peina antes de que salgamos a cenar con los amigos de Misent, cuando la veo cuidarse las manos ante el espejo del tocador, porque la artrosis ha empezado a deformarlas a pesar de su juventud, cuando Julia da sus primeros pasos, o Manuel me trae las notas del instituto: ésos son los gestos que me conmueven; ése también mi tiempo sin memoria, desvaído, tiempo sin tiempo, porque la felicidad no se recuerda. Es un estado que se resume en un instante, no una sucesión.

Luego regresa el tiempo de verdad. Lo hace despacio, imperceptiblemente. Como uno de esos mediodías de verano en los que no se mueve ni una hoja y que la brisa altera poco a poco hasta convertirlos en desapacibles. Eva me acompaña con mayor frecuencia a Madrid y, cuando permanecemos en Misent, la noto cada vez más encerrada en sí misma. Se vuelve melancólica y hasta hosca si alguien viene a interrumpirla en sus ocupaciones. Pasea por el jardín, se asoma a la Punta Negra, desde donde contempla el mar y las lejanas edificaciones de la ciudad, escucha música.

Ya no pone casi nunca nuestros discos: Machín, Gatica, Lorenzo González, Gloria Laso o Miguel Fleta. Ahora escucha durante tardes enteras la música que compartió en su primera juventud con la institutriz francesa. Aún están los discos que se trajo de Misent apretados en los estantes del cenador: Haydn, Schubert, Bach. Los preferidos de mademoiselle Corinne, que es como se llamaba la institutriz que inició en ella una pasión musical que los contactos con el doctor Beltrán siguieron alimentando. Recuerdo vagamente a esa mujer caminando huidiza por las calles de Misent en mi primera juventud, y aún quedan unas cuantas fotografías suyas en algún cajón: rubia, pálida, frágil.

Eva se levanta temprano, se pone el tocadiscos —ópera, piezas estimulantes: Vivaldi, Mozart, Strauss—, hace un poco de ejercicio, desayuna conmigo y con los niños, sigue de cerca la limpieza de la casa, en la que es muy exigente con el servicio; vigila a Josefa y prepara la mesa cada día como si fuésemos a recibir invitados. La comida es el momento culminante del día. El mantel tiene que desplegarse impoluto, hay flores en el centro de la mesa, platos y cubiertos son los mismos que se sacan en los momentos solemnes, y las fuentes se presentan perfectamente decoradas. Sólo al concluir la comida, cuando se sienta en el sofá a tomar café conmigo, y los niños regresan al colegio, parece que el peso del día se le viene encima. Lee y escucha música, pero ahora una música triste bajo la que se aplasta como si se escondiera en un daño para evitar otro mayor.

Yo creo que buscaba en esa música como una materialización de los sentimientos que tenían que quedársele dentro igual que gases que no encontraran salida, porque no se permitía con nadie, ni siquiera con los niños, efusiones excesivas. Cuidaba de su educación, de su salud, les leía libros, pero no soportaba las carreras, las bromas y los gritos propios de la infancia. Yo respetaba su tristeza. ¿Qué otra cosa podía hacer?

Muchas tardes acudía su madre a visitarla. A doña Carmen no le hacían gracia mis viajes. Le decía a Eva que no se explicaba cómo podía ser que yo no le pidiese que me acompañara. En cierta ocasión le dijo: «Mi marido no ha dado nunca un paso sin mí.» Y Eva le respondió: «Tu marido no ha dado un paso en la vida, ni contigo ni sin ti.» Me lo contó riéndose esa misma noche. No la quería. No la quiso nunca.

Doña Carmen se llevaba la labor y se pasaba las horas en la Punta Negra, haciendo ganchillo y charlando sin parar. Cuando se iba, muchas veces ya anochecido, Eva la acompañaba hasta la puerta, volvía a la sala donde estábamos los niños y yo, y le pedía a Josefa que le preparase un baño, y le decía, sin importarle que lo oyesen Julia y Manuel: «No se da cuenta de que me agota. No respiro hasta que se marcha.» Se quedaba mucho rato encerrada en el baño y salía frotándose las manos. «Ahora, a leer», les decía a los niños.

Años más tarde, cuando Manuel volvía de Francia para las vacaciones, una vez que ya nos habíamos instalado de nuevo aquí, en Madrid, se metía con él en el cenador durante horas, tras ordenarle: *«Maintenant on va causer un peu, mon petit Marcel.»* Lo cuenta Manuel en su cuaderno y también que empezó a llamarle Marcel después del primer viaje que hicimos a Normandía. Le llamaba Marcel y le hablaba en francés corrigiéndole la pronunciación. Ella había aprendido maravillosamente esa lengua con mademoiselle Corinne, la institutriz con la que convivió en Misent buena parte de la infancia y en cuya casa de Arlés pasó el último año de la guerra civil mientras sus padres y su hermano se instalaban en San Sebastián.

También heredó de ella su rigidez, su intransigencia, la manía del ahorro, de la higiene pautada, todo ese ritual de orden que Manuel cuenta en su cuaderno que reconoció luego en los colegios franceses y que a mí siempre me pareció original de nuestra casa, o quizá propio de la clase de la que ella provenía. Manuel matizó al escribir: «Era, sin embargo, una rigidez que sólo se refería a las formas: al modo de empuñar los cubiertos, de peinarse y lavarse, al de hablar o al de vestir, pero que dejaba en libertad lo íntimo, comprendiéndolo, amparándolo.» Para Manuel, yo he sido siempre el reverso de su madre: no he concedido importancia ninguna a las formas y, sin embargo, me he inmiscuido en sus ideas –así lo escribió–, en sus sentimientos, y los he «fomentado, discutido, perseguido y acechado» desde lo que define en el cuaderno como mi código *inamovible* de conducta.

Pero prefiero volver a Eva. Hasta pocos meses antes de su muerte, la música ocupaba el cenador, se extendía por el jardín, y era como si fuese ella misma la que estuviese ocupando aquellos espacios. Aunque, puesto a pensar, yo diría que eso fue más bien en los primeros años –la música como una forma de ocupación blanda de los territorios que la rodeaban–, y que luego se alteró sustancialmente el significado de su rito, aun siendo en apariencia idéntico. La música se convirtió al final en un manto en el que se envolvía y se guardaba ella misma, un poco como los usuarios del baño turco, una vez concluida la sesión, se envuelven en una toalla o en un albornoz para mantener la temperatura del cuerpo frente a la agresión del clima exterior.

El regreso del tiempo. En Misent salíamos bastantes noches con los amigos y, de vuelta en casa, se quitaba los zapatos, ponía en el tocadiscos nuestra música, se dejaba caer sobre una tumbona, y decía: «Son unos zafios», y repasaba sus blusas, sus chaquetas, sus zapatos; y pesaba en una balanza de alta precisión las palabras que habían pronunciado durante la velada, y analizaba con un microscopio los manteles que habían cubierto la mesa y los platos en que se había servido la cena y las copas en que habíamos bebido el vino. Nada resistía su examen.

Yo al principio me reía. Sabía hacerme reír. Al médico que acudía a nuestra casa lo llamaba «el doctor Mabuse», y a su esposa, «el tigre de las bengalas», desde que nos invitó a una tarta de cumpleaños sembrada de velitas fulgurantes; al propietario de la fábrica de muebles, servicial, inculto y pretencioso, lo apodaba «Nobleza Baturra», y a su mujer, «Mamá Tresillo».

Esos momentos en casa, después de una fiesta, cuando tomábamos una copa a solas y abríamos la cristalera de la terraza para que entrase el aire del mar, permanecen entre mis recuerdos inolvidables. Eva gesticulaba y hablaba ridiculizando a nuestros amigos y yo me reía y sentía que estábamos cerca. Pero, poco a poco, los comentarios fueron volviéndose más ácidos y, cada vez con mayor frecuencia, esas bromas se mezclaban con reflexiones acerca de la fugacidad de la vida, y con frases del tipo, «aquí, en Misent, viendo pasar los años, rodeados de toda esa pandilla de zafios, embruteciéndonos». Yo intentaba convencerla de que no estábamos entre aquellos zafios, sino juntos, en la casa que con tanta ilusión habíamos construido y amueblado, y le decía, mostrándole el mar desde la terraza de nuestra habitación y las copas verdes de los pinos y la mancha de color de la buganvilla: «Estamos juntos y rodeados de todo esto. Si no quieres, no tenemos por qué ver a esa gente estúpida», pero ella me respondía: «Entonces, qué me queda.»

Estaba empezando a abrir las puertas de casa para que nos escapáramos. Cuando Manuel cumplió los doce años, se empeñó en enviarlo a estudiar a un colegio cerca de Burdeos. Yo me opuse. No me parecía bien alejarlo tan joven de nosotros, perderlo tan pronto de vista. Discutimos durante varios días. Manuel ha recogido en su cuaderno, distorsionándolas, algunas de esas discusiones que tuvo ocasión de presenciar. Asegura que mi oposición se basaba en que yo estaba convencido de que en Francia corría «serio peligro moral». Y, según él, esa actitud mía propició «un nuevo punto de inflexión en el desamor de ella». «Si los prejuicios de sus familiares», razona en el cuaderno, «profundamente conservadores, debieron parecerle lógicos aunque estúpidos, no los soportó reproducidos en mi padre como una caricatura reproduce una fotografía. Su improvisada beatería tuvo que parecerle risible.»

Otra inflexión en el desamor. Qué ha podido saber. Qué sabe Manuel. Mucho antes de que me opusiera a su viaje ya había mordido el fruto de ese árbol del desamor en unas cuantas ocasiones y podría anotar aquí diversas anécdotas que muestran con claridad que, por entonces, ella ya no se miraba en nosotros, sino que tenía los ojos pendientes de algo que estaba ocurriendo fuera.

Cierta tarde me la encontré sentada en el salón con el teléfono entre las manos. Lloraba cubriéndose la cara con un pañuelo. Le oí decir: «No me lo pongas todavía más difícil.» Y me alejé de puntillas para que no advirtiera mi presencia. Huelga explicar que su preocupación, aquella angustia que la hacía llorar con desconsuelo, no se la provocaba ninguno de los miembros de la familia.

Aún me la encontré llorando una vez más por aquellos días. La vi de lejos, en el malecón de la Punta Negra, y me acerqué a ella. Estaba de espaldas, inmóvil, mirando en dirección al mar, y cuando llegué a su altura, se volvió. Tenía los ojos llenos de lágrimas. Me quedé mudo, sin saber qué hacer, pero ella sonrió y me dijo: «Me dolía tanto la cabeza, que he pensado que llorar un poco puede ser buen remedio.»

Durante algún tiempo viajó conmigo a Francia. Visitábamos a Manuel cada tres o cuatro meses. Miraba con melancolía los carteles que anunciaban conciertos, las plazas con jardines en los que crecían pensamientos amarillos y azules, las columnatas de piedra gris. Era como si siempre hubiera vivido allí, o como si hubiera sido un error no haber vivido allí desde siempre. Se asomaba a los puentes y me hacía pensar por vez primera que Madrid es una ciudad sin río, y hasta su otoño se me volvía pequeño cuando paseaba al lado de ella en París, bajo la lluvia de hojas secas del Jardín de Plantas. En Francia encontraba su tamaño y me hacía sentir que Misent y yo éramos para ella el país de Liliput.

Una noche, en París, no estaba en la habitación del hotel. Me había dejado una nota sobre el escritorio, explicándome que iba a retrasarse más de la cuenta porque asistía a un concierto en Saint-Germain l'Auxerrois. Cogí un taxi desde el Boulevard Raspail porque había previsto llevarla a cenar esa noche, o tal vez porque era como si la nota abandonada sobre el escritorio me hubiera contado que la estaba perdiendo y, con un golpe de mano, aún pudiera recuperarla. La fachada de Saint-Germain l'Auxerrois se levantaba sombría bajo las gotas de agua. La iglesia estaba cerrada. Volví al hotel y ella aún no había regresado. Lo hizo pasadas las once. Venía empapada y se abrazó a mí. Me contó que se había equivocado de fecha, que el concierto era para el día siguiente. Me dijo: «He tenido ganas de pasear bajo la lluvia. ¡Estaba tan hermosa la ciudad!» Y añadió: «Volvamos a Madrid.»

Al otro día me llevó a una galería de la rue de Seine, donde ya le habían embalado un cuadro que adquirió la tarde anterior: la esquina de la calle Vavin pintada por un húngaro que se llama Czóbel. «Así tendremos en el salón de casa una ventana por la que seguiremos viendo París», me dijo. El dependiente, al dirigirse a nosotros, se había referido al «cuadro que ayer apartaron los señores», y yo me pregunté quién habría sido el acompañante de la tarde anterior.

Recuerdo a Eva dirigiendo las tareas de embalaje y a Josefa cubriendo con paños blancos los sofás del comedor, la butaca de cuero que sigue siendo mi preferida, bajando las persianas, cerrando y apuntalando los postigos. En el jardín empezaban a amarillear los árboles de hoja caduca, pero algunos rosales florecían en todo su esplendor. Las palmeras movían sus palmas contra el cielo azul.

Se lo escuché decir en una ocasión a mi suegro: «Uno se pasa la primera mitad de la vida vistiéndose, y la segunda desnudándose.» Ahora entiendo lo que quería decir, y sé que uno no se desnuda fácil ni ordenadamente, sino que lo hace con brusquedad, dejándose jirones sobre el cuerpo. A esos pedazos que se nos enredan entre las piernas y nos impiden caminar con libertad en la segunda parte de nuestra vida los llamamos memoria. La desnudez deseada sería el olvido.

Pero ni siquiera sobre la intrascendencia de Isabel he conseguido que caiga el olvido, porque aún me turba de vez en cuando el recuerdo de sus nalgas o el modo como se mordía los labios cuando me recibía dentro. No es que me duela el final, como me duele el recuerdo de la última noche con Elena, pero sí el recuerdo de su carne, o quizá –de nuevo– sólo me duele el recuerdo de mi propia juventud.

Porque nuestra relación acabó poco más o menos como estaba previsto que tenía que concluir. Los viajes en avión, los paseos en taxi por ciudades lejanas, los ramos de flores, las cenas en restaurantes de lujo, en vez de acostumbrarla a la comodidad de una vida sin problemas y más que grata en un tiempo en que casi nadie podía permitirse ninguno de esos placeres, le despertaron la ambición, el cálculo.

De la inicial etapa en la que se sometía a mí como un instrumento que respondía a los resortes que yo pulsaba, pasó a una actitud que podría calificar de melancólica. No era raro que mientras yo paladeaba una copa de coñac, y ella picoteaba alguna de las golosinas que el camarero había depositado en el centro de la mesa, exclamase: «Te cansarás de mí. Me dejarás.» O que se pegara a mi brazo a la salida de un local nocturno, como si quisiera protegerse del frío, y hundiera la cara en mi hombro después de decir: «Para ti no soy más que un capricho.»

Ni siquiera trataba de decirme que me quería. No. Era como si resultara irremediable que yo acabase cometiendo una injusticia con ella, dejándola sin aquellos viajes, sin las golosinas ni las luces tenues de los locales a los que acudíamos de madrugada. Me pedía una especie de seguro de que el día de mañana iba a poder seguir haciendo lo mismo, cuando yo estuviera entre otros brazos o pudriéndome bajo la tierra. Era el prólogo de la representación a la que había previsto someterme cuando me comentó que estaba embarazada y que quería tener «ese hijo nuestro». Se echó a llorar, gimió, me besó repetidas veces y, al ver que yo no estaba dispuesto a aceptar ese hijo en el que jamás había pensado, me llamó «hipócrita» y «gran señor católico».

Fue mi segunda y última amante estable, con llaves de apartamento y visitas regulares. Manuel estaba por entonces en Rouen y Eva y Julia seguían en Misent, lo que debió de permitirme, tras la ruptura, la libertad de moverme por Madrid sin temor a indiscreciones, y sin embargo no tengo la sensación de que aquéllos fueran para mí tiempos felices. Menudearon las citas en habitaciones de hotel, en apartamentos discretos con mujeres de paso. En algunas ocasiones eran mujeres casadas que buscaban fuera del matrimonio un poco de pasión, o algún dinero con el que resolver pasajeros apuros económicos. Sin embargo, la mayoría de las veces se trataba de seres solitarios, con historias de desengaños amorosos, hijos en lejanos internados y una tremenda soledad cuyo contagio yo evitaba. Rehuía las conversaciones íntimas, no quería enterarme de su pasado, que siempre acababa siendo sórdido, amargo, triste. Buscaba –y pagaba– el fulgor de sus cuerpos, la mancha de sus pezones, sus sexos que eran refugios que me salvaban de un dolor indefinido.

Es curioso, pero en ningún momento interpreté

el regreso de Eva a Madrid como fruto de un deseo de estar más cerca de mí, sino como un principio de ruptura. A las viejas amistadas se añadieron otras. Frecuentaban la casa actrices, galeristas, pintores, músicos. Quien apenas la frecuentaba era yo. Viajé más que nunca, y no siempre por necesidad, sino porque algo me alejaba de allí. La casa tenía un aire de escaparate: la mitad de los días uno no podía llegar y tirar los zapatos y ponerse en pijama a ver tranquilamente la televisión. Había gente, iba a venir gente, era posible que viniese gente. Así que algunos trabajos fuera de Madrid que podía delegar en otros los hacía yo mismo.

Me instalaba en habitaciones de hotel y me sentía libre. Allí sí que podía permanecer desnudo sobre la cama, fumando un cigarrillo y viendo cualquier programa de televisión: salía por la noche y me plantaba ante la barra de algún bar y me tomaba un par de copas; o volvía a apostar en la ruleta de la carne: en la sorpresa de unos pechos emergiendo fuera del sujetador, de unas nalgas saltando por encima de las bragas. El juego de los cuerpos, o su religión. Me arrodillaba ante ellos, los sometía a complicadas liturgias. En alguna ocasión invité a alguien desconocido a que compartiera esas ceremonias conmigo. Como aquella vez con Ort: mirar y ser visto. Era como si la presencia de un testigo hiciera más real el amor, menos pasajero. También disfrutaba de los buenos restaurantes. En mis viajes los elegía cuidadosamente, como elegía –aún hoy lo hago– los vinos: Cheval Blanc, Lafite, Bâtard-Montrachet, si estaba fuera de España; Imperial, Vega-Sicilia, Murrieta, en los escasos sitios de aquí donde por entonces se podía comer bien.

En ciertos momentos tenía la melancólica sensación de ser una especie de viajante de lujo; en otras ocasiones me inundaba una benéfica plenitud, mientras encendía un buen habano ante una copa de coñac, o en el instante en que cruzaba la primera mirada con una mujer y empezaba a seducirla con la misma excitación con que, en la caza, apuntaba a la presa que acababa de saltar ante mí.

Por lo demás, en Madrid se me consideraba poco menos que un mecenas y protector de la cultura, gracias a la incesante actividad de mi mujer. A veces la acompañaba a algún concierto, aunque siempre he soportado mal el ambiente sofocante del patio de butacas del Real. Tampoco me ha hecho muy feliz el teatro, con ese crujido de tablas cada vez que los actores dan un paso en lo que se supone que es el comedor de su casa, y esa manera absurda de declararse a gritos el amor y los secretos para que puedan oírlos los espectadores de la última fila. Me parece artificial.

Casi tan artificial como los pasitos de puntillas que daban por el jardín las amigas de Eva, o como las exageradas inclinaciones de tórax y los besamanos a que se sometía el grupo allá donde se encontraba: en el vestíbulo del teatro, en el hall de un cine, en el recibidor de mi casa. Se habían visto el día antes y se sorprendían de volver a verse a la tarde siguiente, a pesar de haberse cursado invitación. Prefería, con mucho, mis viajes solitarios, o discretamente acompañado por el chófer, los buenos vinos, las cómodas habitaciones de hotel. O la incomodidad excitante de la caza.

Aunque antes he escrito acerca de mí como de una especie de cazador erótico, lo cierto es que, con el paso del tiempo, fui aficionándome al verdadero arte cinegético. A las primeras monterías, en los inmediatos años de la posguerra, asistí por compromiso: por cumplir con proveedores, o para obsequiar a clientes, pero pronto empezaron a atraerme, no tanto el ambiente ruidoso de esas reuniones, cuanto las madrugadas frías en el campo, las largas caminatas, el olor de la leña quemada, el silbido de las botas aplastando la escarcha, el crujido de las ramas secas. Empecé a salir por mi cuenta, y recorrí muchas comarcas de Castilla, Extremadura, Andalucía y Galicia. Contrataba a un batidor y me perdía con él en el campo durante semanas enteras. Sentía que aquella vida formaba parte de un mundo noble y natural que se me había escapado y que ahora podía permitirme capturar.

Después de que murió mi pobre Julia, una vez que esparcimos sus cenizas, fue como si me hubiera impregnado de la suciedad del sórdido depósito de cadáveres del poblacho marroquí adonde fuimos a recogerla. Durante días sentí esa suciedad, sin poder librarme de ella. Me lavé en un baño de pólvora, saliendo de caza y disparando mi Sarrasqueta hasta quedarme sordo. El olor de la pólvora se me metió en la nariz, en la boca, en el cerebro, empapó la ropa y me libró del otro.

No fue la única vez. En la caza borré muchas angustias y preocupaciones, me lavé de sentimientos que deseaba rechazar. Por eso quise tantas veces transmitirle su belleza a Roberto, despertar en él la afición de ese arte que tanto puede ayudar a alguien frágil, y discutí con Manuel para que lo dejara venirse conmigo, pero Manuel considera la caza una actividad destructiva y cruel, y nunca aceptó que el muchacho presenciase lo que define como «masacres». Ha preferido que su hijo se haga la ilusión de que la carne es un producto que alguna máquina fabrica y luego los operarios envuelven en paquetes de plástico.

Ese huir de la verdad ha caracterizado siempre su trayectoria. Nunca ha querido saber que la vida es una confusa mezcla de violencia y piedad y que los campesinos matan para comérselos a los animales que más quieren y que su amor se manifiesta en el momento del sacrificio, de la matanza, con una alegría inocente. Saben que ese animal que les ha alegrado la vista durante meses ahora les alegrará el estómago y le dicen palabras amorosas mientras proceden a desollarlo.

A mí, la caza me ha puesto en contacto con esos sentimientos primarios, hasta el punto de que, mientras Eva se moría en el hospital, llegué a pensar en cazarme yo mismo, poniéndome un fusil contra el pecho. Creo que fue la reacción noble de un animal que se sentía perdido, pese a que acabara venciendo mi parte más humana, más racional, que no sé si es exactamente la mejor, aunque sí la que me ha obligado a seguir viviendo, a pesar de que ya no me quedan demasiadas ganas. He buscado el apoyo en las muletas de la religión y también en una imagen de mí mismo que no he querido romper. Mi acto no hubiera sido cobardía, bien lo sabe Dios, pero podría haberlo parecido, y eso yo no lo hubiera tolerado. (Le pido a Él perdón por escribir estas palabras, aunque creo que no verá necesario perdonar a quien dice la verdad.)

«... Burdeos me pareció una ciudad sobrecogida entre sus edificios de piedra. Allí todo se entregaba al silencio: las columnas grises, el cielo encapotado, los árboles que fueron perdiendo sus hojas, el agua rojiza bajo el puente. Después del impacto que me produjo la sustitución del entorno familiar y mediterráneo por aquel de piedra y silencio, se inició en mí una larga etapa en la que fui cambiando el gusto de los paisajes inmediatos, táctiles, de los colores violentos y los ambientes ruidosos, por el aprecio de los tonos intermedios, del silencio y de una cierta distancia con respecto a los objetos y a la gente. Digamos que dejé de ser el niño que alargaba el índice para tocar todas las cosas y que empecé a entender que hay una belleza o un sufrimiento que conviene mantener alejados de nosotros.

»Quizá es la herencia que ella ha querido dejarme y que sólo con el tiempo he ido reconociendo. Paseos por Rouen, excursiones a Honfleur, largas caminatas por París, tristeza invernal del Bois de Vincennes, tardes de lluvia en la Place des Quinconces. Su ideal de vida ha sido el recogimiento de la niebla, la lluvia vista desde el interior de un café en el que se habla en voz baja. ¡Cómo tuvo que sufrir en aquella España franquista y estridente en la que todo se resolvía entre alaridos de exaltación o de condena bajo un sol restallante! ¡Qué sola y vacía tiene que sentirse ahora en la habitación de la clínica, por muchas flores, regalos y chismorreos que le lleven los amigos!...

»... Cuando regresé de Francia e ingresé en la Universidad de Madrid, mi padre y yo ya hablábamos dos idiomas distintos, condenados a no encontrarse nunca. El tiempo no ha hecho sino separarlos más: mostrar que son irreconciliables y que sólo pueden desarrollarse en direcciones divergentes. Es algo que él nunca aceptará con respeto. Ni siquiera se esforzó en entender que a un adolescente no le interesara para nada su retrógrado grupo de amigos, voceras diurnos de la beatería familiar y practicantes nocturnos de la vulgaridad.

»Él hubiera querido asociarme a su empresa, a sus absurdas correrías, a sus copas en El Abra a la salida de la oficina. Y yo, sin embargo, me reunía con tipos que vestían pantalón vaquero y se dejaban crecer descuidadas barbas y melenas, hablaba de Pudovkin y Antonioni, escuchaba *Sergeant Pepper's*, llevaba libros de sociología y panfletos en la cartera, y acabé en la cárcel, aunque por pocos días, claro está, porque removió todas sus influencias para conseguirme enseguida una orden de libertad.

»Aún hoy me cuesta perdonarle aquella vergonzosa salida mientras los otros cuatro compañeros que habían sido detenidos conmigo continuaban en prisión. "Guárdate tus recomendaciones", le dije, "déjame hacer mi vida, correr mis riesgos", y él me llamó imbécil y me obligó a firmar ante un comisario amigo suyo un papel por el que me comprometía a cambiar durante algunos meses Madrid por un destierro en Misent.

»Mientras regresábamos a casa en automóvil, me dijo: "No estoy dispuesto a que un idiota tire lo que yo he ganado con el esfuerzo de muchos años. Ten en cuenta que todo lo que sabes, incluidos ese Lenin y ese Mao, lo has aprendido gracias a mi trabajo." En todas las ocasiones, la recriminación de que los demás hemos despilfarrado lo que él ha amasado. Y yo no creo que se refiera exactamente a dinero, sino a todo un proyecto, a una manera de entender la vida que, claro está, necesita del dinero para sostenerse, y Julia despilfarró su proyecto agonizando estúpidamente sobre una duna, y yo con mi militancia comunista de juventud y con un matrimonio condenado al fracaso, como acaba de demostrarse, y su mujer lo ha despilfarrado guardando en el secreter una docena de cartas de amor del doctor Beltrán que él ha encontrado, dice que por casualidad, pero yo creo que después de husmear por todas partes, y de forzar la cerradura del mueble. No se las puede perdonar, seguramente porque no puede perdonarse a sí mismo...»

Releo el cuaderno de Manuel y me convenzo de que jamás ha querido aceptar la realidad. Pero no voy a responderle aquí. Estos papeles no tienen como objetivo llevarle la contraria. Es probablemente demasiado tarde. Como él dice, cada cual su lenguaje, su camino. Claro que su madre tampoco aceptó nunca nada que no llevase encima una capa de maquillaje. Lo natural le molestaba, le parecía que la ataba al mundo inferior. En todos los años que pasamos juntos, nunca toleró que yo entrara en el cuarto de baño cuando estaba haciendo sus necesidades y tampoco podía soportar que la viera depilarse, aunque a mí era una actividad que reconozco que me excitaba, tal vez por ser tan exclusivamente femenina. Incluso el desagradable olor de la cera caliente despertaba fantasmas en mí.

La artrosis que le deformó las manos mostraba la fragilidad de su empeño por alcanzar la perfección, por no hablar de la terrible imagen de la enfermedad en los últimos momentos. También tenía que ver con esa voluntad suya de separarse de lo que consideraba bajo, animal, el hecho de convertir las comidas, incluso las más íntimas, en un acto social.

En Manuel pueden verse, aunque dirigidos a otro orden de cosas, rasgos idénticos. A él, hablar de dinero, de negocios, de rentabilidad, cuando ya tiene un estudio propio y hace proyectos de muchos millones, le sigue produciendo una sensación desagradable. Siempre encuentra una coartada para que sus trabajos se relacionen con el bienestar público, con alguna tarea social: proyectos de viviendas para algún ayuntamiento, de parte de un pabellón para la Exposición Universal, diseño de una plaza en Barcelona, de una sala de audiciones en Valencia, siempre a la sombra del Estado patrón. Es verdad que los nuevos tiempos lo permiten y que hoy se habla de rehabilitaciones, remodelaciones, o diseño de espacios, y no, como tuvimos que hacer nosotros, de obras y negocios. Me molesta esa hipocresía que oculta el nombre de las cosas, como me molesta terriblemente esa palabra que tanto utilizaba Eva: «zafio», «zafiedad». Hoy, los grandes chollos, lo que nosotros definíamos como «una perita en dulce que no se puede perder», se disfrazan de proyectos artísticos o sociales y llamarlos por su nombre es «zafiedad».

Esa doblez suya fue causa de permanentes fricciones entre nosotros, incluso cuando ya se había instalado por su cuenta. Si yo le decía, «pero ahí vais a ganar un montón de dinero», se enojaba, se ponía nervioso, en especial si en la conversación estaba presente alguno de sus conocidos. Me respondía: «Pero, papá, no se trata exactamente de eso.» Y ese «exactamente» era para mí la sospecha de su doblez. Esa sonrisa infantil, inocente, con la que me comenta lo bien que estará pasándolo la pobre Julia en el campamento de verano, cuando él sabe que no está allí, que se ha ido a Marruecos, y a lo mejor a esa hora ya se la llevan en jeep de un poblacho a otro, a través del desierto, y se está muriendo.

A la sonrisa alegre sigue el nerviosismo, la necesidad de hacerse perdonar porque le he descubierto la mentira. El tardío gesto de sufrimiento. La inocencia de ellos, su vivir en el espacio de la poesía que Manolo reclamaba para todos. A veces me ha dado por pensarlo. Uno se ensucia para evitarles a los hijos que tengan que hacerlo, y ellos estudian idiomas, escuchan música, conocen las playas de Normandía, llevan jerséis de cachemir y pasan sus vacaciones en cualquier país exótico, y entonces empieza a dolerte esa inocencia que has cultivado, porque es la que los está alejando de ti.

Eva sabía recrear la inocencia cada vez que la convertía en cenizas. Tenía esa capacidad de olvido y recuperación: dejaron de existir los primeros meses en la pensión de la calle de la Cruz, las estrecheces, las noches sin cenar. Para no tener que mirarse en él, estrelló contra el suelo el espejo de Ort y lo rompió en mil pedazos. Los recuerdos, los espejos, las fotografías se convierten en testigos. Por eso, la humanidad se ha inventado el estudio del retratista, donde uno puede alquilar los trajes, el caballito de cartón, la butaca, la maceta con la kentia y el paisaje pintado del fondo, que todo lo igualan y que ponen la memoria en un espacio ideal: el inocente espacio de la poesía en el que quería vivir Manolo.

Y digo «mi pobre Julia», y no sé si es mía o les pertenece a ellos. Sé que aun después de muerta la quiero, pero también me gustaría saber que no tengo que perdonarla, y de eso no consigo cerciorarme. Me duele el espejo de su inocencia en el que me miro y me descubro engañado. No, la verdad es que nunca imaginé que me ocultase nada. «Papá, no se te ocurra comentarle ni una palabra de esto a mamá. No me fío un pelo de ella», me decía. Siempre, a todas horas. Me consultaba, me enseñaba las fotografías de los chicos que le gustaban, me pedía parecer. «No se lo digas a Manuel, que se lo cuenta todo a ella.» Sé que no era una relación normal; que las hijas tienden más a refugiarse en sus madres. Pero yo siempre pensé que en su caso ese desapego que parecía sentir por Eva resultaba explicable, porque tenía que verla como a una rival, con su belleza altiva y su elegancia; con su ironía que a veces hacía daño, con su afán de protagonismo. Eva se burlaba de los vestidos, de los turbantes, de los zapatos, de los peinados, de los colores de uñas y labios que Julia elegía.

Cogía la prenda entre las manos, la palpaba, la estrujaba, la apartaba un poco para mirarla desde cierta distancia, le decía: «Pruébatela», y cuando veía aparecer a la pobre Julia con la prenda puesta, sonreía y preguntaba: «¿A ti te gusta?», para concluir: «Pues a ti es a la que te tiene que gustar.» Así nos dábamos todos por enterados de que a ella le parecía espantosa. A Julia le molestaban especialmente los retoques que daba a su vestuario cada vez que se cruzaba con ella por la casa, sin importarle la presencia de extraños. «A ver», le decía, y le daba un tirón al jersey, o le subía el tirante del vestido. «A ver», repetía después del zarpazo, «algo mejor sí que está.»

Por las mañanas, mientras desayunamos, le veo las piernas, los pechos descuidadamente guardados en el albornoz. Por las tardes, las curvas de sus pantalones vaqueros. Ha heredado la piel de su madre, frágil y tersa. Cualquier roce le deja huella. Ha heredado también algo de mi energía. De mi capacidad para cortar una conversación que no me interesa, o para levantar la voz cuando creo que llevo razón. Le noto esa energía incluso en la forma de caminar, de moverse. Es menos delicada que Eva, menos sigilosa. Quizá únicamente a causa del vigor de su juventud, o porque su generación ha cambiado el modelo de comportamiento femenino. No sé. Sólo sé que, de repente, ya no está. Que sus palabras se las ha llevado el viento y que yo soy el único de la casa a quien ha ocultado sus pequeños secretos. Y cuando Eva se presenta inesperadamente en la oficina y se queda delante de mí, llorando, y luego me abraza, me parece que estamos representando una obra de teatro y que el mobiliario y las cortinas y los archivadores y nosotros mismos somos de guardarropía.

En medio del dolor, me llegan relámpagos de ira. Cuántas veces le he dicho a Eva: «Tú es que no conoces a Julia», y ahora está delante de mí explicándome que soy yo el único que no conoce a Julia. Me pesan sus brazos rodeándome. Me siento en una butaca para apartarme de ellos, y me pone la mano sobre el hombro, y también esa mano me pesa. No quiero que me acompañe a Marruecos a recoger el cadáver. «¿Para qué vas a venir?», le digo; «quédate aquí, que es donde haces falta. A la pobre Julia ya no le vamos a arreglar nada.» Pero, en realidad, no quiero que venga para no verle los ojos llenos de lágrimas, para que no tenga la oportunidad de volver a abrazarme en esos próximos días dolorosos. O, a lo mejor, porque necesito saber algo de Julia de lo que ella nunca va a poder enterarse.

Lo pienso asomado a la ventanilla del avión

mientras pasan abajo los colores ocres, las heridas azules del mar. Y también cuando recorro en automóvil los áridos paisajes del Atlas, los palmerales polvorientos, los lugares pedregosos. Rescato para mí las últimas imágenes que se llevaron sus ojos, los últimos olores que la envolvieron: el de los excrementos, el de la leña quemada, el de las especias. Al paso del coche, vuelven la cabeza los pastores y grupos de niños se acercan a la carretera corriendo y me imagino que a lo mejor son los mismos que se volvieron para mirar el jeep en el que ella hizo su último viaje. Nos detenemos en un barracón al borde de la cuneta para tomar un refresco y tengo la certeza de que también ella se detuvo allí, de que queda algo suyo entre las mesas sucias del local. En el depósito de cadáveres, pido que me abran el ataúd y recojo su último secreto.

Julia ya no está en ninguna parte. Con su afán por disimular la realidad, Manuel se niega a que Roberto asista a la dispersión de las cenizas desde el malecón de la Punta Negra. «Siempre han ido los niños a los entierros», le digo yo, «no creo que sea bueno ese afán por ocultárselo todo.» Él me responde que no está convencido de que a Roberto le ayude gran cosa saber que su tía es un puñado de polvo metido en una caja que se puede coger con una mano. Yo se lo discuto casi por compromiso, porque pienso que es probable que tenga razón, puesto que a mí mismo me resulta casi imposible aceptar que ella ya no está en ninguna parte, que se ha esfumado como un personaje de novela de misterio. No ayuda nada a soportar la ausencia esa imposibilidad de poner el cadáver en algún sitio del mundo para que los recuerdos vayan edificando el día siguiente.

No hay lápida en la que sentarse, para charlar de vez en cuando y tener la impresión de que ella te escucha, no hay un jarrón en el que colocar flores y pensar que ella ve por algún misterioso agujero esas flores, o que percibe su perfume a través de la tierra. Me siento en las rodillas a Roberto y le aprieto los brazos, y me echo a llorar, y él me mira desconcertado. Lo toco a él porque es del único modo que pienso que a ella va a llegarle alguna vibración. O no, simplemente, me aferro a Roberto porque no sé qué hacer.

Voy de caza. El humo de la pólvora me limpia los pulmones. Las madrugadas frías. Toco a los perros, que se retuercen agradecidos bajo la presión de mis dedos. El batidor enciende fuego, prepara migas y café. Es curioso, pero, desde la muerte de Julia, la caza me parece un ejercicio purificador. Es como si me pusiera en comunicación con ella. Acaricio a los animales que acabo de matar, y su rescoldo de calor es un puente entre la muerte y la vida y, sintiéndolo, siento algo así como la punta de los dedos de Julia.

Eva se acerca a mí y me pasa la mano por la cabeza. Dice: «Nos ha dejado.» Yo me levanto, enciendo un cigarrillo, a pesar de que el médico me ha prohibido que fume, y me paseo por el salón. Ahora la casa está tranquila. No hay visitas, ni compromisos. Eva lee en el cenador. Detrás de las tapias y de las copas de los árboles el rumor de Madrid me parece lejano. Una tarde le digo que quiero volver durante algún tiempo a Misent. Ya va siendo hora de que otros se ocupen de las empresas. No son buenos momentos. Franco ha muerto un par de años antes y la inseguridad se apodera del país. Me duele esa inseguridad, la fragilidad que se manifiesta en los negocios, en la política, como un espejo de la que nos muestra la propia vida. Me duele, pero descubro que ya no me preocupa. Aceptada la fragilidad, lo único que queda es la resignación.

Vuelvo solo a Misent. Después de muchos años, visito el cementerio. Hace tiempo adquirimos un panteón familiar en el que están enterrados mis padres y los de Eva: el señor y el contable a un palmo el uno del otro. «Familia Císcar-Romeu», reza la inscripción. El apellido del contable va el primero. Les pongo flores y pienso: «Está bien que tu hijo venga a ponerte flores», pero al mismo tiempo noto una sensación de desagrado. No creo que a mi padre le gustara la idea de descansar durante siglos junto a don Vicente Romeu, aunque también pienso en la fragilidad de los tiempos: ahora las cosas van deprisa y quizá no pasarán tantos años juntos. Ni siquiera los cementerios son seguros, sometidos al crecimiento de las ciudades. Me da por pensar esa tarde que es posible que la pobre Julia tuviera razón: mejor el fuego y el agua que ese silencio húmedo del panteón, ese pudridero inútil.

En Misent no frecuento a los viejos amigos. De vez en cuando salgo a cenar solo en alguno de los restaurantes de la costa. Como es temporada baja, no resulta raro que sea el único comensal. Me siento en la butaca de cuero y paso mucho tiempo mirando el mar, el jardín descuidado en el invierno. Hago pequeñas excursiones a los alrededores. Voy a la lonja, donde asisto a la llegada y subasta del pescado. Miro la Punta Negra y pienso que sigue almacenando secretos a los que ya nunca tendré acceso. Eva pasaba muchas horas allí. Julia se quedó para siempre. La Punta Negra me desazona, el agua metiéndose entre las rocas, con un ruido ronco, como de asfixia.

Cuando paso por Madrid, Eva se queja de una ciudad cada vez más insegura y ruidosa. «Me cansa», se lamenta, aunque luego empiece a hablarme muy excitada de las películas que ha visto, de las exposiciones a las que ha acudido, de la música que ha escuchado. En uno de los viajes me muestra un cuadro que acaba de adquirir: una tela casi abstracta, una playa vista a ras de suelo y en la que sólo en algunos trechos pueden distinguirse unas pinceladas marinas entre las dunas y las matas secas. «Fíjate en las texturas», me dice, «parece como si pudieras abrir la mano y dejar que la arena te resbalase entre los dedos. Es muy sensual.» Pero yo me fijo en la firma: Bello. Me hace daño.

El cuadro está aún colgado en el cenador. Parece que filtrara el agua de la piscina y la convirtiese en agua marina. Es como un reflejo de esa agua que, con los primeros días del otoño, ha empezado a llenarse de hojas marchitas, un espejo deformante que la altera, que busca por debajo de lo que se advierte a simple vista otras materias, secretos que sólo se les revelan a algunos. Si no lo he quitado, ha sido por pudor, porque el acto de descolgarlo no podría interpretarlo yo mismo más que como una manifestación de rencor.

Hace unos meses, Roberto me pidió que se lo regalara. Le dije que no: «Si te lo regalo, lo perderás.

A los cuatro días lo habrás vendido para meter el dinero en alguno de tus negocios ruinosos.» Se echó a reír. Sabe que puede pedirme cuanto quiera. A estas alturas no me importa demasiado que derroche el dinero. Para eso está. Me gustaría, eso sí, que tuviera suerte en algo de lo que emprendiese, pero no es ése su sino, o el sino de los tiempos. Ha sido representante de grupos musicales, ha abierto un par de pubs en sociedad con amigos, y siempre le ha ido mal.

«Claro, es un recuerdo de la abuela», razonó cuando me negué a regalarle el cuadro. Pensé que se equivocaba: el cuadro me molesta, pero soy incapaz de tocarlo. Cualquiera que sea el destino que le dé, la venta, el obsequio, o la destrucción, me pondrá en el papel de intermediario.

Los egipcios enterraban a los muertos rodeados por los objetos que habían significado algo en su vida, y creo que también lo hacían así los mayas y los chinos: quiero decir que es buena cosa, para librarse de la desolación que dejan en nosotros los que se van, para cerrar las heridas que dejan abiertas. Roberto dijo: «es un recuerdo de la abuela», y yo he escrito que se equivocaba. Pero no. Al escribirlo he ido dándome cuenta de que tenía razón.

Hay algo en Roberto que me recuerda a mí: su forma de mirar las cosas de cara, su enorme vitalidad que lo lleva a moverse continuamente de un sitio a otro, de un negocio a otro, y sin embargo también hay algo en él en extremo frágil, porque mientras que yo sí que poseía capacidad y energías para cargar con las responsabilidades de cuanto ponía en marcha, él parece que te tiembla ante los ojos. Es ligero, inestable. Cuando lo miras parece como si estuvieras ante un globo siempre a punto de escaparse por el aire, o de estallar. Ha heredado mi carácter, mi falta de orgullo, que era también lo que definía a Julia, pero sin su consistencia, sin su soporte, a lo mejor porque no necesitó curtirse: porque no necesitó nunca nada.

  Me invita a comer en un buen restaurante, paga la factura y sé que, a la salida del local, tengo que alargarle una suma diez veces superior a la que él acaba de abonar. Y no es que me invite con el espíritu de quien jugara en una ruleta trucada, sino que existe cierta desconexión entre sus actos, que se cierran en sí mismos, y un acto es el de invitarme y otro, que nada tiene que ver con el anterior, el hecho de que, una vez más, se encuentra mal de lo que llama, bromeando, «liquidez».

  Manuel siente celos de él. «Pero, papá, no le des ni un céntimo», me dice, «a Julia y a mí no nos trataste con esa generosidad. ¿No ves que lo acostumbras mal?» También Ramón parece tenerle celos, porque, con su presencia, rompe esa especie de dominio silencioso que ejerce sobre la casa. Cuando Roberto viene a verme, últimamente con menos frecuencia, Ramón acecha, entra en el salón o en el comedor con cualquier excusa, y camina por la casa con pasos de gato. ¿Quién sabe lo que guarda en su misteriosa cabeza? Me protege como un taciturno perro guardián. Se le anima el gesto si me ve comer con satisfacción, o si le digo que la mañana está hermosa, pero arruga la nariz y aguza la mirada en cuanto alguien viene a quebrar el apacible ritmo cotidiano de lo que él llama en tono solemne «la casa».

Me desazona, porque, después de los años que llevamos juntos, sigo sin conocerlo: de él sólo sé su ritual de orden, que interpreto como una permanente demostración de fidelidad, que a mí no deja a veces de incomodarme, como puede desagradar el contacto con la lengua de un gato. Él, sin embargo, parece comunicarse conmigo por un transmisor oculto: adivina mis secretos deseos, mis necesidades, lo que me conviene y lo que no, y lo hace con una seguridad que llega a parecerme impúdica.

Siento curiosidad por saber cómo disciplina su soledad, si la vive como una carencia o como un reposo. Me hice esa pregunta la otra noche, porque me pareció oír voces en la buhardilla, como si se tratase de una discusión. Estuve a punto de levantarme de la cama para ver si ocurría algo extraño, aunque luego pensé lo más lógico: que Ramón debía de soñar en voz alta. Anoche, aunque amortiguado, volví a escuchar el sonido de su voz.

No sé por qué me extraña, si yo mismo me encuentro con frecuencia hablando solo y también lo hago en sueños. Eva me decía que había noches en las que tenía que mudarse de habitación porque yo no la dejaba dormir con mis monólogos nocturnos. Más adelante, y ya sin un motivo concreto, empezamos a acostarnos en habitaciones separadas. Cuestión de comodidad, o de hastío, que viene a ser lo mismo.

Lo de hablar a solas despierto es más reciente. El propio Ramón me ha sorprendido en varias ocasiones pensando en voz alta. «Creí que me llamaba», se ha disculpado cuando ha abierto sin permiso la puerta del salón o la de mi cuarto, y entonces yo me he dado cuenta de que reflexionaba en un tono de voz bastante elevado y he sentido vergüenza. No sé si es fruto de la soledad o de la vejez: probablemente un poco de cada cosa.

También Ramón tiene que sentirse solo en la casa, aunque viendo su comportamiento no se diría que desee otra cosa. Ya en los primeros recuerdos que guardo de él aparece como un tipo taciturno. Vuelvo a verlo la mañana en que lo conocí, emergiendo por sorpresa en el bosque de hayas cuando yo esperaba que el batidor llegase por el camino. Me asustó. «Me envía el del bar», me dijo, «porque le ha salido un compromiso que no puede dejar. Le prometo que no tendrá usted queja.»

Después, el recuerdo de otros días: sus piernas robustas ascendiendo la ladera del monte por delante de mí, sus manos apartando la maleza para que no me hieran las ramas, su habilidad para encender el fuego, el cuidado con el que preparaba el café, los gritos cortos con que mandaba a los perros y la precisión con que los animales ejecutaban lo que él quería darles a entender con esos gritos.

No tuve queja ni ese día ni los que siguieron. Continúo sin tener queja, aunque hay algo que me inquieta: es como si no fuera una sola persona, como si bajo la solidez de su cuerpo hubiera un espíritu delicado y sus músculos duros tuvieran un aceite suavizante que los impregnara. A veces he llegado a pensar si no tendrá un fondo homosexual. No, no es que desconfíe de él, lo que me preocupa es el origen de su tozuda fidelidad, cuál es la parte autoritaria de mí ante la que se inclina como los galgos se inclinaban ante un gesto suyo.

Vuelve el recuerdo. Hay una niebla espesa y las ramas de los árboles están rodeadas por una manopla de hielo. Las botas silban al separarse del suelo. Los galgos corren algunos metros por delante de él y él delante de mí. No hago ningún movimiento brusco, es sólo un paso en falso, pero resulta suficiente para que, aún no sé de qué modo, acabe resbalando y rodando por un pequeño talud. En cuanto advierte el accidente, Ramón salta junto a mí. Casi noto al mismo tiempo la caída y su presencia. Cuando abro los ojos, veo su cara.

Intento levantarme con su ayuda, pero no lo consigo. He caído de lado y la pierna pende como muerta, aunque el dolor inicial del golpe desaparece lentamente. «No hay que dejar que se enfríe», dice él, «sería peor.» Le pido que acuda al pueblo en busca de ayuda, pero se niega. «Cójase del cuello», me ordena. Y durante tres largas horas escucho el silbido de sus botas sobre la tierra helada, noto el sudor de su nuca en mi cara, oigo su respiración jadeante como si sustituyera a la mía, y pienso: «Sus piernas son las mías, sus pulmones son los míos, suda por mí», y siento vergüenza de verme así llevado, inútil, y también una inmensa gratitud. Es la primera vez desde los lejanos tiempos de mi infancia en que el roce con otra piel, y el sudor, y el ritmo de la respiración que se transmite en el estrecho contacto de los cuerpos no nacen de un impulso sexual.

De vez en cuando se detiene, y en cada parada se carga con una nueva culpa. Vuelve su cara sudorosa y me pide disculpas, como si tuviera miedo de mí: «No se preocupe, llegamos enseguida.» Cuando habla se le escapa el aliento y forma pequeñas columnas de humo. Se le oye la respiración como se oye la de una estufa. Y de nuevo emprendemos la marcha. Si, después de tomar un sorbo de coñac de la petaca, se la tiendo a él, la mira con sorpresa, y la rechaza, como si la sumisión le impidiera acercar los labios al lugar en el que yo los he puesto. Le insisto, y entonces levanta la petaca en el aire y deja caer sobre la boca unas gotas, pero desde muy arriba, sin rozar el borde.

A medida que avanzamos, se le vuelve más penosa la respiración, pero en ningún momento se me ocurre pensar que pueda vencerlo la fatiga. Sus pasos repiten el ritmo de una mano que mece una cuna y yo me adormezco. Ha empezado a llover, me ayuda a ponerme la capucha, y vuelve a cargarme sobre sus espaldas. Mientras avanzamos bajo la lluvia, en medio del bosque que el invierno ha convertido en una monótona sucesión de ramas secas, me parece que dentro de mí no queda más calor que el que me transmite su nuca. Luego está sentado a mi lado en la ambulancia que me traslada al hospital y miro sus ojos y no soy capaz de leer nada en ellos.

Diez años más tarde se ha convertido en mi única compañía y me descubro escribiendo acerca de él en la madrugada. Escribo acerca de Ramón y también acerca de Roberto, a quien he visto nacer y crecer, pero a quien tampoco sé si conozco. A veces, su sonrisa me recuerda la de la pobre Julia y entonces su cariño me parece un vaso tan frágil que temo usarlo en exceso, no vaya a quebrarse. Lo que decía mi suego: «Uno se pasa la primera parte de la vida vistiéndose y la segunda desnudándose.» Ahora, mi desnudez es casi completa: quedan sólo los jirones de la memoria enredándoseme entre las piernas y estos afectos y desafectos recientes, pasiones de última hora –Roberto, Ramón– en un viejo que cubre con ellas cuanto le importó de verdad. El abandono de Eva. Aquella bola dura dentro de su pecho.

Mi mano es rugosa, áspera y de color oscuro; su pecho era blanco y frágil, recorrido por invisibles venas azules. Tuve ganas de besárselo. Pero ella sonrió como si también el tumor fuera un invitado que exigiese buenos modales, cierta irónica distancia que yo hubiera estado a punto de romper con un gesto desmesurado. No quiso que la acompañara al hospital cuando le hicieron la biopsia. «¿Para qué?», dijo, «yo te llamo en cuanto termine.»

Me quedé sentado en el sofá durante largo rato y luego, al pasar ante la puerta de su habitación, me fijé por si aún tuviera la luz encendida y, en ese caso, entrar con cualquier excusa. Ya la había apagado. Aquella noche fui incapaz de conciliar el sueño. Di vueltas en la cama, hasta que me convencí de que el sueño no iba a llegarme y encendí la lámpara de la mesilla e intenté leer. No pude fijar mi atención sobre la letra impresa. Acabé levantándome para ir en busca del paquete de cigarrillos que siempre guardaba escondido para los momentos de urgencia.

Me fumé un pitillo tras otro. En el silencio de la noche, la luz de la mesilla había empezado a poner en marcha los recuerdos de cuarenta años de vida que no sé si me atrevo a llamar en común, pero sí con una complementariedad que en aquellos momentos me parecía imprescindible: los dos extremos de una cuerda pueden estar muy alejados, pero son la misma cuerda. Deseaba que volviera atrás el tiempo y exprimirlo de otra manera: conocerla de nuevo, llevarla conmigo a Madrid por primera vez, volver a bailar con ella con la alegría de nuestra juventud y, en este intento, no equivocarme en nada, nunca.

No soportaba ni la luz ni la oscuridad. En ambos casos los recuerdos se movían libremente y me reclamaban los minutos perdidos, los gestos interrumpidos. Me cubrí la cara con la almohada y me asaltó la imagen de mi padre sentado a oscuras en el comedor, y era como si mi dolor fuese herencia del suyo, como lo es la forma de mis manos o la distribución del pelo en mi cabeza.

El día en que le dieron los resultados de la biopsia no subió a la oficina. Telefoneó desde una cafetería cercana y me pidió que bajase a reunirme con ella. Me esperaba sentada en una de las mesas más alejadas de la puerta y discutía con Beltrán en voz baja, de un modo que me pareció tenso. Al verme, se callaron. Beltrán se levantó y me tendió la mano, ella se quedó sentada. Me pareció que formaban un matrimonio lleno de complicidades y secretos y que yo cumplía el papel de invitado. Me desagradó esa sensación, que se volvió intrascendente en cuanto ella dijo: «Lo que nos imaginábamos.» Torció la boca con una sonrisa: «No puedes figurarte lo rara que te sientes cuando lees en un papel que eres la protagonista de un cáncer.»

Beltrán fumaba. Le dejó que me explicase algunos detalles y, sólo cuando hubo concluido, dijo: «No te acabes de creer lo que Eva te cuenta. Por suerte, hemos cogido el mal a tiempo (dijo «el mal»). Hay que extirpar, luego dar algunas sesiones de quimioterapia y asunto concluido. Un tumor (creo que él dijo tumor y no cáncer) de mama ya no es un enemigo invencible para la medicina.»

Dijo más o menos eso. Yo ya no lo escuchaba. Había empezado a sentirme aturdido. Por un momento tuve la impresión de que se iniciaba la cuenta atrás; luego, al verlos a los dos, cuando Beltrán acercó el encendedor a la punta del cigarrillo de ella, pensé que la pérdida era como el recuerdo de una vida ya concluida. Manuel hubiera escrito acerca de las inflexiones del desamor.

Beltrán se despidió y nos dejó solos. La vi buscar el encendedor dentro del bolso y fumarse otro cigarrillo. No me había dado cuenta de que había consumido el anterior, pero la colilla estaba allí, en el cenicero, con la marca roja de sus labios en el filtro. Sentí deseos de apresarle las manos y dejarlas entre las mías: aquellas manos frágiles que tenían que haberme pedido piedad y que guardaban indiferentes el paquete de tabaco y el encendedor como si el dolor ocupara otros miembros y las dejara a ellas en libertad para seguir haciéndome el daño de lo ajeno. No supe qué hacer. De repente era como si tuviera que aprender desde el principio los sentimientos y los gestos que ponen en marcha. Metí la mano entre las volutas de humo del cigarrillo y le rocé la cara. Quise decirle: «¿Tienes miedo?», pero me quedé mirándola.

A veces paso el dedo pulgar por encima de alguna de las fotografías en las que aparece y siento que así le transmito algo cercano a la vida. Sí, es cierto, las fotografías guardan, como las presas recién cobradas, un rescoldo de calor. Paso el pulgar sobre ellas, las toco, y siento que me pongo en contacto con quienes ya no están, y ese contacto me proporciona un consuelo indefinido. Sin embargo, el retrato del pasillo, con el collar de platino reluciendo sobre la blancura del cuello de Eva, me daña la vista: es su cuerpo saliendo de otras manos; su cuerpo entre las manos de otro. Beltrán. El pintor Bello. En ese retrato, Eva conserva su capacidad para mirar hacia otra parte, hacia fuera. Y en mis pensamientos opongo la dócil serenidad de las cartulinas guardadas en el cajón, su certeza inmóvil de permanente verdad, a la imposible seguridad de lo que aún está vivo.

También Ramón adquiere a veces, por alguna reflexión de la luz sobre sus rasgos, o por algún cambio inesperado en el tono de su voz, la falta de certeza que posee lo ajeno, lo desconocido, lo vivo. Y eso aun a pesar de su tremenda identidad consigo mismo: me sirve la cena, siempre silencioso y cortés, y luego se queda durante un buen rato arreglando la cocina, mientras yo escucho la radio. A las once, me acompaña a la habitación, me ayuda a desnudarme y a bañarme y se despide de mí hasta el día siguiente. A medida que sus pasos se pierden en el pasillo, cae el silencio sobre la casa y ocupa las habitaciones, en las que sólo se oye el crujido de los muebles y el de las ramas de los árboles que el viento mueve en el exterior, hasta que, ya muy tarde, algunas noches se escuchan los sonidos que emite durante sus pesadillas. En alguna parte he leído u oído que ese tipo de sueños agitados son con frecuencia fruto de pesadas digestiones, aunque también puedan responder a alguna angustia íntima.

Durante las horas de la noche, escribo sentado en la cama, y en no pocas ocasiones me pregunto para qué me impongo una disciplina que no me resulta fácil: es lo mismo que preguntarme quién es el destinatario de mi esfuerzo. Se me ha llegado a pasar por la cabeza que debería ordenar estos papeles y guardarlos en un sobre a nombre de Roberto, porque lo siento como una prolongación de mí mismo, aunque en ciertos instantes me invada la sospecha de que apenas si lo conozco y ese sentimiento consiga que me procure escaso consuelo saber que, al escribir, mis palabras no caen en un pozo, como las que pronuncia Ramón en la soledad de la buhardilla, sino que se quedan vagando en el paisaje nevado de estas páginas igual que animales en un coto donde muy pronto sonarán los disparos del cazador. ¿Quién notará entre los dedos el rescoldo de calor de la pieza cobrada?

Encima del tocador de la habitación hay un jarrón con flores que hoy atraen mi atención porque Ramón, siempre tan cuidadoso, se ha olvidado de cambiarlas y los pétalos han empezado a caer sobre la superficie del mueble. El espejo lo refleja, iluminado de refilón por la lámpara con la que me alumbro, pero también refleja por detrás del jarrón una informe masa de sombras. Algo parece agazaparse en ellas y vigilarme. Mientras escribo, veo de soslayo esas sombras y me pregunto cómo llegará. ¿Vendrá de noche? ¿Lo hará en pleno día? ¿Será rápido, o irá cercándome lentamente, complacido en mi degradación? ¿Llegará aquí, a esta misma cama, o me buscará en una habitación de hospital? Miro el reloj: son las dos de la madrugada. Aún queda mucho rato para que amanezca. Qué largas se hacen estas noches de invierno. Si aparto las cortinas, veo un cielo opaco, sin estrellas. Y cuando Ramón se calla, no se oye nada.

Valverde de Burguillos (Badajoz),
mayo de 1992-noviembre de 1993

ÍNDICE

Prólogo: Un escritor egoísta,
  por Rafael Chirbes   7
LA BUENA LETRA 11
LOS DISPAROS DEL CAZADOR 143